Aproximaciones Críticas: Carlos Monsiváis

Editor

Rodrigo Pereyra, Ph.D.

Libros Medio Siglo

Colección: Pensadores y Letras

Primera Edición/First Edition: abril 2025

ISBN: 978-09995119-8-5

www.librosmediosiglo.org
mediosigloeditorial@gmail.com
Harlingen, Texas USA

ÍNDICE

INTRODUCCIÓN

"El escritor mexicano Carlos Monsiváis, falleció este sábado 19 de junio a los 72 años de edad." Así leían los diarios de México en 2010. Continuaba una larga lista de calificativos, "agudeza intelectual," "indispensable analista," "el mejor cronista del país," "imprescindible para conocer nuestra cultura." Lo mismo se decía en la radio y la televisión, añadiendo que el país había perdido a su "conciencia nacional." Efectivamente, Monsi—como solían referirse a él sus amigos, y como también acostumbraba llamarlo la prensa y el público en general, aunque no lo conocieran de forma personal—se había convertido en la personificación de una conciencia histórica y colectiva del mexicano. Más aún, lo que de inicio podría parecer broma al hablar de su conocido don de ubicuidad, terminaba siendo una de las verdades más absolutas, puesto que su rostro y su voz se podían ver y escuchar en una calle cualquiera del Centro Histórico, en una u otra estación de radio, en un noticiario de televisión o en un canal de espectáculos. A lo largo y ancho del país en México, tanto jóvenes como adultos, podían identificar su voz, reconocían su incambiable rostro, el desenfado de su peinado natural y desordenado, las enormes gafas cuadradas que había llevado por años.

Había nacido en 1938 en el antes conocido Distrito Federal, hoy Ciudad de México, el mismo año en que sucede la expropiación petrolera en el país; en el extranjero la Guerra Civil Española seguía causando heridas; y Alemania se encontraba en vísperas de dar inicio a la Segunda Guerra Mundial. Conocía a fondo la ciudad porque había crecido con ella, caminado en sus calles, vivido todos sus cambios. Nacido en la Merced, pronto se traslada a la Colonia Portales donde viviría el resto de su vida. Se había convertido en el mejor cronista de la Ciudad de México, porque no la veía ni entendía como "ciudad;" después de todo, ese monstruo de metrópoli que conocemos hoy día, que ha logrado integrar como suyo a los tantos municipios conurbados, no existía ni durante su infancia ni durante su juventud. Como él mismo lo menciona, prefería ver, estudiar, entender cada sector de la ciudad como un catálogo, una vitrina, un escaparate, un muestrario de librerías, cines y taquerías. Entendía a la ciudad y la ciudad lo entendía a él porque siempre habló chilango, subió a los peseros, comió en todos los puestos, convivió con jóvenes izquierdistas rebeldes que poco o mal entendían la historia hasta que, de joven adulto sus propias lecturas y nuevas amistades—entre ellas a José Emilio Pacheco—lo llevaron a iniciar su carrera literaria y con ello a una abstracción de sentido filosófico de la historia. Daba inicio así a su verdadera transformación intelectual.

El recuerdo más antiguo de su primera fase como pensador maduro, se remonta a 1957, año en que participa, al lado de José Emilio Pacheco, en la codirección de la revista Estaciones. Fueron aquellas primeras experiencias del mundo literario profesional, que lo llevaron a conocer a una generación de escritores comprometidos con la literatura, pero también con su tiempo. Conoció muy de cerca a jóvenes autores como Sergio Pitol, Vicente Melo, Salvador Elizondo, Gustavo Sainz, Lazlo Moussong, entre otros. De igual manera, convivió con aquella otra generación que ya le apostaba a una nueva escritura con un estilo muy propio; es así como pudo tratar a Carlos Fuentes y ver cómo aparece la publicación de *La región más transparente* en 1958. Y es también durante esa época que va intensificando su lectura, convirtiéndola más aguda y crítica. Pronto iniciaría un diálogo intelectual con la figura de Octavio Paz, haciendo una lectura intensa de su propuesta poética surrealista. Cuestionó a lo largo de los años, no sólo la producción literaria del nobel, sino su ideología política, entablando con él un debate polémico que duró por años.

A pesar de su entorno intelectual, de los debates acalorados literarios, políticos y sociales, Monsi regresaba a lo suyo, al humor y la parodia. Al participar dirigiendo programas de radio y televisión UNAM—La hora de los niños y Chucherías —donde si en alguna ocasión faltaba algún invitado, él mismo se convertía en novelista, en director de música, en profesor universitario, o lo que en ese momento hiciera falta. Fueron días que le dieron muchas risas, donde aprendió a no tomarse en serio, pero, sobre todo, a observar la realidad y comentarla con un tono irónico. Observaba la cultura de México y del mexicano:

el cine, la música popular, los bares y pulquerías, mercados, calles con dos o hasta tres nombres diferentes, artistas extravagantes, Cantinflas, Tongolele, Santo El Enmascarado de Plata, las tiras cómicas y revistas populares. Todo lo empezaba a entender desde una antropología y filosofía que no se había visto antes, y es esto lo que lo hizo convertirse en el padre de la crónica moderna.

La crónica de Monsiváis es un híbrido único que combina la precisión del periodismo con la profundidad del ensayo. A través de un lenguaje coloquial y una mirada siempre aguda, Monsi retrata la vida cotidiana de la Ciudad de México, sumergiéndonos en sus rincones más populares y sus personajes más emblemáticos. Su crónica es una ventana a la realidad social y cultural del país, marcada por el humor, la ironía y una profunda reflexión sobre la identidad nacional. Este libro desea dar espacio a algunas reflexiones sobre el pensamiento de Carlos Monsiváis, o de lo que, gracias a Juan Villoro, hoy día se conoce como el género Monsiváis. Raúl Carrillo Arciniega, presenta una propuesta estética monsiviana; una reflexión de la imagen verdadera del mexicano, comparada con aquella que se pretende tener. Explora lo conocido como naco, la "estética de la naquiza," como imagen integrada a la modernidad desde los años ochenta a la actualidad. Rodrigo Figueroa Obregón, observa cómo Monsiváis identifica en las etapas que se podrían considerar fracasos del pasado, como los momentos clave de importancia o de triunfo para México. Gerardo García Muñoz a través de la lectura del ensayo, "Ustedes que jamás han sido asesinados," de Monsiváis, identifica a la ciudad—el espacio urbano—como personaje del contexto social latinoamericano actual y violento. Finalmente, José Miguel Lemus presenta el último libro que Monsiváis vería publicado, *Las esencias viajeras*. Nos invita a dialogar y reflexionar con el autor sobre aquellas figuras culturales que conforman lo que conocemos como latinoamericano.

Como suele suceder, es en torno de una mesa, donde departiendo con alegres amigos, nacen ideas, surgen proyectos, se presentan inquietudes. A lo largo de los años, entre congresos, publicaciones, visitas y llamadas compartidas, el nombre de Carlos Monsiváis aparecía una y otra vez en nuestras charlas. Pronto pensamos en lo importante que hubiera sido para nosotros, haberle presentado nuestro imaginario rural, silvestre, populachero, pero también franco y sincero, a aquel a quien tanto admirábamos y considerábamos nuestro amigo. Ahora, al concluir este proyecto, agradezco a todos los que apoyaron directa o indirectamente y desde el primer día, este intento de diálogo entre autores, lectores y Monsi. Nuestro deseo es que el pensamiento monsiviano continúe, y que los lectores de este libro encuentren en él las ideas necesarias para entender un poco más y mejor a aquel a quien consideramos el mejor cronista urbano.

Rodrigo Pereyra, Ph.D.

LA ESTÉTICA DE LO NACO O LA CULTURA MEXICANA MASIFICADA

Raúl Carrillo Arciniega
College of Charleston

México ha sido el producto de una confusión histórica desde que se independizó de España y pretendió ser imperio gobernado por las mismas familias reales de las cuales se estaba independizando. Ante la negativa de la corona de nombrar a otro rey, Iturbide, jefe del ejército de las tres garantías que entró triunfal a la ciudad de México en 1821, fue electo como primer emperador de México. Su régimen duró un par de años en donde se propuso una monarquía constitucional católica para su gobierno. Esta independencia de México fue ideada y ejecutada por los criollos, descendientes de españoles, que no tenían derecho a heredar títulos nobiliarios ni a ejercer ningún cargo gubernamental. Estos mismos criollos fueron los que empezarían a planear una construcción de país donde el contenido de lo mexicano pasara más por el cedazo de una "racialización" que sería a la postre una europeización tanto de su contenido simbólico como de su apariencia física. En esta propuesta que analizo al detalle en mi libro De héroes, amoríos y sufrimientos: la condición melodramática de ser mexicano, lo mexicano estaría orientado a una construcción más criolla que mestiza, es decir, más "ablanqueada" y humanizada que más morena e "indigenizada". En ese espectro de la construcción decimonónica del país la situación del indígena no habría de liberarse sino hasta la revolución mexicana cuando el tema del indio alcanzó más relevancia por comenzar a resituar lo indígena como parte fundamental de lo mexicano. A partir de 1920 especialmente con propuestas como "La raza cósmica" de Vasconcelos, el muralismo de Diego Rivera y la encarnación del vestido étnico de Tehuana oaxaqueña apropiado por Frida Kahlo fue que lo indígena como constructo nacional tendría que virar sus timones hacia la región de Oaxaca como modelo, dejando atrás todo rastro cultural de una civilización azteca ya terminada por la invasión colonial de España. En ese sentido, los intelectuales mexicanos criollos remplazaron la visión de lo mexicano con una nueva construcción que se llamaría "mestizo"; misma que debería de incluir tanto lo criollo con disfraz autóctono, así como lo cobrizo indígena con ropa occidental y sus ramificaciones que estarían siempre enraizadas en la cultura europea blanca, dando pie a unas cuantas mezclas de ciertos elementos culturales que se fueron incorporando a la construcción de la identidad nacional. A partir de los años 40, ya una vez instaurado el régimen priista, el proceso de modernización de México sería una de las prioridades culturales del llamado "milagro mexicano" que reincorporaría también dentro de ese proceso a lo que he llamado un "neocriollismo" gracias a la huida de los republicanos españoles expulsados por Francisco Franco al término de la Guerra Civil Española. Así en "el milagro mexicano" la concepción del país se transformaría para dar paso a un reconocimiento del problema del indio como ser incivilizado y su posible incorporación a los impulsos modernizadores de México.

Vasconcelos fue una de las figuras determinantes para llevar a cabo este proceso de educación masiva con la creación de las Escuelas Normales para llevar a los territorios más agrarios y agrestes la educación básica y reducir el analfabetismo en las comunidades apartadas de los centros urbanos, comunidades que aún hablaban lenguas originarias. Ya hacia 1950 el problema de lo mexicano desde su ontología o fenomenología había sido tratado y esbozado primero por Samuel Ramos, Jorge Cuesta, Emilio Uranga y finalmente Octavio Paz quien ha sido el mayor expositor de lo que se considera la identidad del mexicano y de su fuerza ontológica. Dentro de la definición del mexicano como tal se ha llegado a espacios y estéticas diferentes que al mismo tiempo que critican al mexicano indígena y su proceso de aculturación en la ciudad, también lo identifican con ese nuevo proceso nivelador que se ha dado en llamar "mestizaje". La pregunta que se puede formular es si el mestizo es por definición de piel cobriza o no; si en este espacio categórico el mestizo puede ser blanco, entendido éste como con rasgos caucásicos y piel blanca por llamarle de la manera generalizada al tono rosáceo, pero incluso tendríamos que hablar de ciertas gradaciones de racialización de la piel que llevará el sujeto para ser definido como una cosa u otra. Esta pregunta está esbozada en el libro que ha marcado la pauta en la definición de lo mexicano El laberinto de la soledad de Paz en 1950. Este texto ha sido el más difundido tanto al interior de México como al exterior para entender la visión que tiene su autor sobre el problema de lo mexicano como problema. De ahí que la pregunta más pertinente en este tema sea ¿ser mexicano es un problema? La repuesta más acertada es sí. Sí es problema ser mexicano dentro de México así como fuera de él. En este sentido, el mexicano ha sido reelaborado por la cultura popular de masas y ha estado en un proceso dinámico al interior del país pero en un proceso bastante anquilosado fuera de país. Sin duda, para los parámetros estadounidenses el mexicano es una construcción monolítica dada por el tipo de inmigración que se da y la que se explora y explota por los medios masivos de comunicación; un esquema bastante constante que no dialoga con nada sino que muestra la estética de la carencia lingüística y económica, así como la piel cobriza o café. Sin embargo, México para los mexicanos se consolida bajo otro proceso que es importante analizar. En primera instancia habría que demarcar lo que es el mexicano postmoderno, y con esto me refiero ya a un México modernizado cuya base se limita a las zonas urbanas del país, principalmente el área metropolitana de la Ciudad de México. Este mexicano postmoderno estaría en contraposición con el mexicano rural que no ha perdido esa connotación de autenticidad étnica, es decir, piel cobriza y situación de pobreza y en ocasiones lengua prehispánica. Este último demarcador ha servido en la actualidad para determinar el nivel de inclusión dentro del marco de políticas gubernamentales. Pero no ha servido para realmente confrontar el tema de la racialización de la cultura mexicana como espacio para el subdesarrollo en el que México se ha encontrado desde sus inicios independentistas. En este sentido ha sido ese mismo contenido indígena el que ha servido, según algunos ensayistas como Ramos y el propio Paz, como el lastre de proceso civilizador de México ante el mundo moderno. Así la pregunta de estos intelectuales es ¿quién es pues el verdadero mexicano? ¿Aquel que ha sido producto de una descendencia española o europea, es decir, criolla, o el que es originario de la tierra desde épocas prehispánicas pero que no se ha incorporado a una nueva realidad que terminó con las culturas indígenas hace más de 500 años? Se ha optado por una tercera vía que

15

incluya ambas, como lo he mencionado anteriormente, la vía de la mezcla, del mestizaje, que clama también ser un espectro igualmente elusivo porque no se manifiesta a bien qué "color" resultaría de la mezcla de lo indígena rural, autóctono con lo europeo y bajo qué esquemas mentales se realizaría y si esta mezcla fue posible o hecha en su generalidad, es decir, si todo europeo que llegó tuvo descendencia con indígenas en un primer encuentro y qué serían entonces los encuentros sexuales de sus resultantes con otros indígenas o con otros europeos o criollos y hasta dónde se podría mantener tal mezcla para reclamarse como criollo o mestizo. Esta interrogante nos ha llevado a crear una confusión con miras a la incorporación de lo mexicano a la modernidad occidental a la que se le ha negado su pertenencia. México no es occidental pero tiene ciertos rasgos que lo podrían posicionar en ese espectro, pero tampoco es completamente indígena dado que está la mezcla. Sin embargo lo criollo es quien ha tenido que construir la idea de nación mexicana y su reelaboración con la nueva ola de migración española en los años 40. Así el México actual modernizado, que es a partir de los años 80, al final de llamado milagro mexicano, coincide con el comienzo de su crisis económica y política. En ese momento el mexicano rural comienza una migración masiva a los centros urbanos más poblados de México, principalmente a México, D.F. Esta migración también tendría que modificar la idea de lo mexicano para los propios mexicanos que han vivido en la ciudad más desarrollada del país. México modernizado entonces ha sido la capital del país; desde ella se ha emanado un constructo social y una narrativa marcada por dos espectros: la clase media educada con grado universitario que se ha ubicado en regiones primariamente del sur de la ciudad que han tenido como espina dorsal Insurgentes Sur en colonias como Roma, Condesa, Nápoles, Del Valle, Coyoacán hasta llegar a la Ciudad Universitaria. Por otro lado, la clase marginada se ha establecido en las afueras del área conurbada y el Estado de México formando así un cinturón de miseria alrededor de la Ciudad en zonas como Netzahualcóyotl e Iztapalapa, entre otras, donde se fueron asentando los inmigrantes rurales para incorporarse en labores obreras. Este proceso habría de generar otra dinámica donde la cultura popular fue resituándose hasta llegar a reconfigurar las zonas de racialización de México. La cultura popular que se fue infiltrando en el discurso citadino ha sido expuesta en su complejidad por el cronista Carlos Monsiváis, habitante de una ciudad en movimiento, de una ciudad que se ha confundido con todo México y que desde ella se reorienta la mexicanidad que se tratará de imponer tanto por una cultura televisiva como por políticas de estado.

Monsiváis no ha sido únicamente cronista de la ciudad sino también su analista, no sólo da cuenta de una serie de situaciones sociales sino que se lanza a hacer una interpretación de lo que podría ser ese mexicano que se expresa desde la marginación. En ese sentido, las crónicas de Monsiváis nos relatan la forma en la que el nuevo mexicano se asimila a un mundo urbanizado de factura reciente, producto de un desarrollismo y un fracaso de la reforma agraria entre los años cuarenta y ochenta del siglo XX. Las ciudades a pesar de lo proyectado comienzan a ser los espacios para aquellos que no estaban invitados al "banquete de la civilización", esos nuevos mexicanos que emanaban de un clase obrera e inmigrante, los nacos. Antes de los nacos ya habían aparecido dos tipos raciales que fueron analizados en los ensayos de Ramos y de Paz: el pelado y el pachuco respectivamente. A estos tipos que fueron llamados sociales y que en realidad son tipos raciales se les suma el naco como ser representante de ciertos elementos conductuales que afectan el ritmo de la ciudad y de "lo naco" para determinar esa falla trágica en el mundo de la urbanización cosmopolita que ha querido ser la Ciudad de México en ese deseo de la inteligencia mexicana de que sea parte de la civilización occidental a como de lugar. Así Monsiváis continúa con la reflexión de la mexicanidad actancial para plantear otro espacio que es posiblemente un subproducto del pelado y de la influencia que el pachuco pudo aportar al ser un hombre rural civilizado a los nuevos pobladores de la ciudad moderna. Este el mexicano del que habla Monsiváis en un texto fundamental para comprender la nueva posición de lo mexicano urbano como producto de un cruce entre lo rural y lo urbanizado dentro de la marginación social. El texto "No es que esté feo sino que estoy mal envuelto je-je. Notas sobre la estética de la naquiza" apareció en la revista La Cultura en México en 1976. El término naco surgió como una nomenclatura peyorativa que aludía a un proyecto contrario al desarrollismo modernizador de México en su rubro citadino. El naco, como figura que resumía todas las carencias modernizantes, empezó a cobrar significado. Su espacio continuaba siendo la periferia citadina para situarse como parte del paisaje, de la misma forma en la que se había representado al indígena con sombrero y en el campo.

El tema de lo naco había sido relegado dentro del discurso de la inteligencia para ocultar su relevancia en la conformación del mexicano moderno y así olvidarse del componente indígena sin integración a una sociedad que aún no logra redefinir sus paradigmas poblacionales. Monsiváis ha sido uno de los pocos que han tratado de incorporar esta categoría social dentro de un recuento significativo del tipo de sociedad que permeaba a México hacia mediados de los años setenta. En texto de Monsiváis se revela el intento por abrir la discusión sobre quiénes eran los mexicanos que vivían en la ciudad de México y no los que eran reconocidos como tales por la alta cultura dentro de un proyecto modernizador. En este sentido, la ontología pretendería un cambio de paradigmas discursivo para acercarse a los fenómenos del mundo mediante una vía más enfocada en el estar en México que el ser de México.

El ensayo de Monsiváis abre con la afirmación sobre la derivación de las nomenclaturas de lépero y pelado exploradas por Samuel Ramos en los primeros intentos por analizar al mexicano fenoménico. Monsiváis lo expone de la siguiente manera: "Primero fueron los léperos ('la leperuza') y los pelados ('el peladaje, quienes derivaron su nombre de status y ontología: 'estar pelado' sin ropa, en esa perpetua radiación en el futuro que es la carencia del pasado y presente)" (1). En la cita anterior se perciben un acierto en cuanto al hecho de derivar la carencia en la ausencia de ropa que remite a la desnudez. Esta carencia muestra la piel del pelado como signo de su ontología como apunta Monsiváis, sin embargo, su radiación no es un tanto en el futuro sino una ausencia de futuro. Y tampoco es la carencia de un pasado ni de un presente sino su reconocimiento como actante mayoritario de un México poblado por indígenas y mestizos que han sido desplazados. México no se ha reconocido en su discurso integrador como un pueblo racista per se, pero sí clasista, aunque esto traiga irremediablemente implicaciones raciales. Monsiváis afirma: "A esta plebe [refiriéndose al pelado y al lépero] la gente decente (La Sociedad Mexicana) la vio siempre nebulosa y afantasmada" para expulsarla del terreno social y desplazarla de lo que podía construir el entramado humano que constituía el verdadero México (1).

El término naco no sólo describe la clara herencia indígena en la piel sino en las costumbres que se manifiestan en el individuo cuando no es parte de un engranaje urbano. Claramente la sociedad modernizada del DF se enfrentaría a una salvedad para conquistar en su totalidad todas las promesas civilizatorias: la naquiza. Este proceso civilizatorio ha sido siempre responsabilidad de aquellos que habían establecido el andamiaje para construir un nuevo orden en donde ahora, la naquiza no podría tener acceso a los bienes educativos y culturales. El término tuvo que se acuñado o adquirido como nomenclatura peyorativa de uso común para aquellos que no lo eran, suponemos una minoría blanca o ablanqueada de élite que se consolidó gracias al Partido Revolucionario Institucional (PRI) y a la migración que trajo su propuesta de igualdad con la revolución mexicana.

Monsiváis habla de un aspecto soslayado pero difundido dentro de esta "sociedad mexicana" que desprecia todo lo indígena como parte de la consolidación de la nación mexicana y que ha atrasado el proceso civilizatorio de México. Así el problema de México son los nacos, es decir, todo aquello que pueda remitir a una realidad indígena actual, no del pasado. Con el término se pretende categorizar una realidad más allá de la posición social o económica que puede ostentar algunas personas para ser descalificadas como usurpadoras dentro de la construcción de un México desarrollado que semeje una civilización europea y, hacia los años sesenta, norteamericana. Monsiváis es uno de los primeros en definir esa tendencia de desprecio de la "sociedad mexicana" por la mala suerte de habitar entre tanto indio. Nos dice el autor: "Los nacos, aféresis de totonaco, [tienen] la sangre y la apariencia indígena sin posibilidades de ocultamiento. El término se pretende más allá de la ubicación socioeconómica […] pero la naquiza, ese género implacable, es noción que forzosamente alude a un mundo sumergido, lejos incluso de la óptica de la filantropía, y es noción que extiende todo el desprecio cultural reservado a los indígenas" (1). Una vez más en la historia de la construcción de la nación mexicana es trasladado de un escenario a otro, agrega Monsiváis: "de inmediato [el naco] se vuelve folclor urbano" (1-2). El indígena junto con el mestizo de piel cobriza vive en el campo y su migración a la ciudad lo convierte en naco. Es un ser desarraigado por las promesas incumplidas de la revolución y tampoco califica como ser humano por su mismo carácter migratorio. Este ha sido un problema arraigado desde la colonia y que no ha podido resolverse porque su conversión de entidad folclórica a ser humano ha sido desarticulada sistemáticamente. El indígena ha sido usado como animal de carga y servidumbre de los que han ostentado el poder desde la época colonial. Esta carencia de ser humano, esa ontología intrínseca, es la que ha sido puesta en duda por los herederos europeos del poder que han tratado de completar un proceso de nación con rumbos al establecimiento de una sociedad moderna. El naco es casi una maldición de casta, una condenación por haber estado desde siempre en el territorio y haber sufrido un desplazamiento en su categoría de ser humano, no sólo por otros países civilizados, sino por los que intentan llevar a México a compartir la promesa del desarrollo que el DF ha conquistado.

En este sentido, el naco representa lo que Paz describe en el Laberinto de la soledad (1950) como el pachuco, entidad amenazante de la urbanización, fracaso civilizatorio de la propuesta de Estados Unidos. El pachuco en Estados Unidos es una mala representación de un esfuerzo gubernamental por incorporarlo al carro de la civilización occidental. De igual forma el naco es ese espacio cuasi humano de lo que no debe ser el mexicano moderno para convertirse en la corporeización del indígena insertado en un espacio ajeno. El naco es la representación del monstruo indígena vestido que ya no oculta su peladez, su piel, sino que la hace suya en sus costumbres cotidianas mediante rituales que afirman su presencia pese al control educativo de bajo nivel que la élite en el poder les ha otorgado a estos indígenas desplazados. Monsiváis muestra un retrato de sus prácticas culturales cuya población recorre la realidad cotidiana de México D.F. El autor los describe así, lo cito en extenso:

Su historia: el desprecio imperante ante el perfil de un indio zapoteca que no puede decir apotegmas, el desdén ante el brillo (no verbal) de la vaselina y ante el esplendor (no tradicional) de la chamarra de amarillo congo y ante la ilustración que a veces concede el certificado (no inafectable) de sexto de primaria, que respalda y encomia la voraz lectura de cómics, fotonovelas y diarios deportivos. Su historia: la opresión y la desconfianza, el recelo ante cualquier forma de autoridad, los asentamientos urbanos como hacinamientos en un solo cuarto [...]. Su historia: el ir ascendiendo a duras penas o irse quedando entre la malicia de su espíritu crédulo y su muy reciente pasado agrario y su aprendizaje de la Corrupción. Su sociedad: la conversación como gracia de la única pileta de agua, el tendejón como el ágora, la cerveza y la mezclilla como estructuras culturales, el ámbito del vecindario y del compadrazgo como la entidad gregaria que se exhibe en la vasta cadena de bautismos, confirmaciones [...] Su sociedad: el lenguaje extraído de los comentaristas deportivos, de cómicos de televisión, de películas, de radionovelas, telenovelas, fotonovelas, la "grosería" permanente como único y último recurso ante un idioma que los rechaza condenatoriamente, la diversión como desciframiento de las ofertas contiguas del sexo y de la muerte. Su sociedad como visión de los vencidos: el naco quiere aprender karate, le apuesta su alma al Cruz Azul, ahorra con sus amigos para jugar squash una vez al mes, le tupe al futbol llanero, sigue iniciándose con prostitutas, le entra ilusionado al curso de inglés de donde nunca saldrá conversación alguna. Seré sintético: enajenada, manipulada, devastada económicamente, la naquiza enloquece con lo que no comprende y comprende lo que no la enloquece. Y para qué más que la verdad: la naquiza hereda lo que la clase media abandona. (2)

El naco, bajo esta tipología, resulta ser el engendro de una civilización marginada y alternativa. Pese a la exclusión de la que es objeto, el indígena readaptado a un territorio de asfalto ha cambiado sus modus vivendi y trata de reinterpretar lo que percibe desde su periferia. Es el monstruo de la civilización desprogramada porque nunca ha sido tomado en cuenta. Desgraciadamente para el desarrollo del país las cifras del último censo y encuestas sobre la autovaloración de cada persona, el naco se ha convertido en el paradigma del mexicano gracias a su mayoría rotunda y aplastante . El naco piensa que vive en una clase media porque a su alrededor todos padecen de las mismas carestías pero son en realidad pobres urbanizados. En la caracterización de

Monsiváis lo que más salta a la vista es la rápida asimilación a la que se someten con su escasa educación y su sentido de unidad.

Desde esta cultura popular ha emanado un México que ahora se percibe como el único globalizado. Al no haber tomado en cuenta los intereses de los desplazados los grupos en el poder no han podido establecer una ruta que no sea la separación de ambas realidades. Monsiváis, al igual que los que le antecedieron en la comprensión del mexicano, traza una diferencia entre una clase media, siempre minoritaria (que es la que promueve la idea del proyecto modernizador) y una clase indígena mestiza al margen de toda propuesta pero con una presencia mucho más contundente y demoledora que la primera. Esta nueva realidad que empieza a recorrer el paisaje urbano tuvo que crear una subcultura desde la que tendría que aparecer una estética contrastada. En lo educativo las propuestas para una transformación social de Vasconcelos y su nueva Raza cósmica (1925) terminarían en buenas intenciones pero nunca dentro de un espectro urbano cuya educación fuera el común denominador. La incidencia entonces de los medios de comunicación masiva en su comportamiento ha sido determinante. Ante este avance demográfico, a medida que la aculturación inmediata tenía lugar para sus primeros emigrados, sus hijos también tendrían que ser el producto de los mismos comportamientos que tuvieron sus padres, sólo que con algunas variantes modernizadoras de por medio.

Monsiváis sitúa como rasgo distintivo de la naquiza su capacidad organizativa en torno a la fiesta. En ella el naco experimenta de primera mano una liberación de un sistema que no le permite salir dado que su inaugurado conflicto social de promesas incumplidas que sus padres al emigrar les prometieron. Estos marginados, que constituyen un ochenta por ciento de la población, buscan en la imitación un puente, un camino para acceder a eso que ven de primera mano que consume la minoría de la clase media. La segunda generación de nacos ve en los años setenta, según Monsiváis, un gran momento en la conformación de su estética: la asimilación con el rock, que no entiende por ser cantado en inglés, y el consumo. Este último se instaura como mecanismo aspiracional para salir de una realidad epidérmica que aún los seguía caracterizando dentro de su marginalidad. El hecho que abrió la vía para la asimilación inmediata fue el festival de rock de Avándaro en 1971. Esta apertura con la que se encontraron fue sólo aparente e incluso accidental. Monsiváis lo explica de la siguiente manera: "[Los nacos] renuncian a esa suerte de conflicto de clase que son las ordenanzas visuales de su rencor social y aceptan una hegemonía consumista que tan sólo les ha servido para racionalizar una represión más directa […] Después de Avándaro, la naquiza descubre –no sólo con palabras sino con una serie inacabada de represiones-- que esa sensación de pertenecer al otro, recién inaugurado México, de adherirse a una colectividad, que, entre barro y lluvia y el pasón generacional, no los puede rechazar, correspondía al género de las sensaciones utópicas, irrepetibles" (2). El momento de pertenencia al que se entregaron las juventudes indígenas asemilladas en la ciudad fue sólo un momento utópico. Más tarde su certidumbre de diferencia se habría de trasladar a un movimiento trazado desde su propia marginalidad. El momento en que se conjuntaron estas dos realidades, entre el naco y el junior de clase media, marcó muy bien delimitada para demarcar las diferencias entre la mayoría y la minoría. El accidente se había delineado dentro de la construcción de un México que no acababa de fraguar como unidad integradora de ambas realidades. Los nacos sintieron que en el salón de baile adonde acudían sus padres ya no podían descubrir la identificación generacional que habían descubierto en Avándaro. Por eso dentro de la ritualización del naco el hoyo funki presentó una posibilidad para delinear una nueva estética generacional que había de ser recreada por "la literatura de la onda", algunas veces como verdaderos outsiders y otras como compensación o enamoramiento del junior hacia una morenita linda en las tardes de baile.

Con el hoyo funki se crea una subcultura que hacia los años noventa sería retomada por la alta cultura de clase media como muestra de un nuevo tipo social que creía retratar al nuevo joven mexicano. El naco, al cambiar el salón de baile por el hoyo, abrió una presencia y una manifestación de clase cuyos representantes todavía eran los nacos morenos frente a los otros que aún controlan los mecanismos de representación de lo mexicano, en su mayoría blancos. Este cambio en lo naco llevó a la literatura de la onda a replantearse su ser proletario en donde el marxismo y el nuevo léxico en inglés les otorgaba no sólo una conciencia de clase sino una conciencia de su apariencia. El marxismo pudo abrir la explicación de las diferencias raciales en dicotomías de explotado y explotador. Bajo este modelo la alternativa para salir del ciclo de explotación era buscar lugares en donde el sentido de comunidad tuviera una cohesión racial y de clase alejada de lo que había representado Avándaro.

García Saldaña en su crónica "Los hoyos funkis", al igual que Monsiváis en el artículo que discuto, traza un recorrido histórico desde sus orígenes con el danzón y su rápida asimilación con el rock pero con el mismo denominador común, una pertenencia dentro de los márgenes sociales: "Simón, el Salón México llegó a ser un mítico lugar donde la raza de la ciudad se expresaba" (el énfasis es mío, 98). La reproducción del uso del lenguaje coloquial que utiliza Saldaña no es gratuito, pretende darle voz a una generación dentro de ese espacio de marginalidad. Saldaña asume una naquiza desde otra trinchera, la identificación romántica de las causas perdidas y las conexiones con el rock que en los años setenta habrían de acentuarse y la otra clase de frontera en la que los no nacos serían llamados "fresas". Estos últimos representantes ya del progreso que sus padres habían logrado y que venían de la misma dicotomía que antes se demarcaba como la realidad entre ellos y nosotros.

El rock sirvió como espacio para la reconciliación del reconocimiento de lo otro, que siempre había estado dentro del DF. En ese entendido, Parménides fue uno de los que mayor empeño puso en "traducir" el fenómeno de la pobreza del naco y sus intenciones éticas. A propósito del rock como espacio para la suspensión de las diferencias y espacio liminal Saldaña afirma: "Con el rock resurgen los hoyos funkis en la ciudad de México. En la segunda parte de la década de los cincuentas (sic) estos hoyos funkis asumieron la onda de cafés. A ellos acudían jóvenes proletarios y de clase media" (99). Más adelante explica cómo la influencia de lo funki (que era lo negro) se oponía a lo blanco, un funki como espacio de resistencia contra un establishment norteamerciano apoyado por el comunismo. En una identificación de resistencia ante un nuevo panorama actancial del mexicano citadino lo

24

funki se introduce como la respuesta donde lo naco se aculturiza en una asimilación de colonialismo de tercera mano.

García Saldaña reconoce que la evolución de los hoyos funkis se da dentro de los terrenos del proletariado alejándose de la clase media mexicana, antes vista como la constructora de la identidad del país. Expresa Saldaña en su crónica: "los hoyos funkis empiezan a proliferar en los barrios proletarios. Los jóvenes (la chaviza) de esas colonias en torno al monumento a La Raza se reúnen domingo a domingo a bailar al compás de la música del rock de las bandas de la ciudad" (100). El término naquiza es intercambiado por chaviza en la visión incluyente de García Saldaña. La división es clara. Se experimenta una fractura generacional del salón de baile a una aproximación más corporalizada de a incertidumbre social y marginalizada dentro de sus propios barrios. El monumento a La Raza se transforma en una metáfora de la propia construcción de un naco que ha tomado para sí los espacios aledaños lejos del escrutinio de las clases medias. Para tener entrada a este universo de alteridad la "fresés" de Saldaña tendrá que convertirse en un viajero que traduzca este desfase social entre una realidad urbana a media y el mundo occidentalizado de una clase media privilegiada. En este sentido, Saldaña elabora una lectura del fenómeno desde el ser de una identidad liminal para demarcar las diferencias espaciales de quienes habitan una ciudad de México:

La diferencia de estos hoyos funkis con los del pasado es que en éstos exclusivamente gira el aire cálido del rocanrol. Por otro lado, en estos hoyos no ha taloneras ni sirvientas, no hay padrinos ni galanes sino chavos acá y colitas chiras que, de un modo u otro, forman parte de esa juventud que se identifica a través de la música con el rocanrol. Predomina el color moreno sobre el blanco, aunque Blanca Estela Pavón y Pedro Infante hayan sido sus padres desde el punto de vista del cine mexicano. (100)

La diferencia racial es demarcada por el autor que identificamos como parte de esa realidad exterior del "blanco" que se introduce como testigo dentro de la manifestación cultural para reformular un espacio que antes había habitado pero que ahora

25

pertenece a la naquiza, a los hijos del naco que fue expulsados del campo para vivir dentro de la ciudad. Esta degradación estética tenía que darse de esa manera dado que el rock constituía un espacio de rechazo, pero lo más importante, es que el rock escuchado dentro de estos hoyos no era el mismo que se oía en la clase media. Habría de convertirse en otra vertiente que a la postre crearía el llamado rock nacional en español para degradar aún más el sentimiento clasista y racista que se daba dentro de la primera ola del rock cantada en inglés. Monsiváis lo expone de la siguiente manera: "Antes las tocadas eran Narvarte o Lomas o El Pedregal y había garden parties cerca de la alberca y tocábamos 'Sobre las olas' a ritmo de twist y los padres de la chava de 15 años se acercaban al final para intercambiar rollos […]. Luego llegaron los de la frontera con la greña hasta el hombro y no se bañaban y decían que esa era la onda y allí empezó el desastre y ahora ves, los hoyos fonquis quedan por la industrial Vallejo o por la avenida 8 cerca de Zaragoza o por Nezahualcóyotl. ¡Qué bajón!" (5). El inglés se empieza a incorporar dentro de la estética de la naquiza mediante vocablos aislados que dejan establecido un vínculo con el ritmo de la industrialización y la lucha por la liberación que el discurso del rock trajo consigo, tal es el caso del grupo Three Souls in My Mind que años más tarde derivaría en el TRI, banda que se erigiría como el pináculo del rock nacional. Esta banda se revelará como la expresión de protesta social de las clases marginadas, también conocidas como la naquiza. Así el ensayo de Monsiváis reconoce que el hoyo funki es el espacio de esparcimiento del naco, un lugar que ha tenido que ser marginal y que desde esta marginación cobrará peso gracias a sus manifestaciones sociales que pretenderán desasociarlo de una sociedad con miras al desarrollo y a una demarcación donde la modernización sea la prioridad.

Por lo tanto, la asimilación de lo naco ha sido aparente. Y precisamente dentro de los terrenos de la apariencia, el naco luce una indumentaria desarticulada por la mala lectura de aquello que constituye un estatus social de segunda. No es casual que la identidad antes explorada por Samuel Ramos y reelaborada por Octavio Paz tenga que ver con la vestimenta y la máscara que portan imitando a una clase media minoritaria, que a su vez reproduce lo que ha visto y mal interpretado en otros países gracias a la televisión y los productos hollywoodenses. Es una reinterpretación nuevamente de la carencia. Ésta es vista como un espacio para ser llenado, como vía para la elaboración de su propio valor como ser humano. La ropa en las nuevas tendencias del consumo es la que otorga toda la capacidad de esencialización como categoría ontológica. El ser en sí no es si no se viste. Monsiváis a propósito señala:

A la naquiza la detiene una confesión desde la ropa: si moda es status y uso de la moda es autobiografía, estos chavos anhelan llamar la atención como solicitud de status: esto viste, esto me pongo y aquí en este peldaño de la escala del éxito, me hallo sin remedio […]. ¿Cuál es la meta de la sofisticación, cuál es la índole de las pretensiones? La primera: el gozo estético de triunfar sobre la vida, de salir del hoyo, del arrabal. Mientras la naquiza se sabe chafa, se descubre vestida en serie, se sabe irremediablemente fuera de las ópticas consagratorias y opone a la ceguera del Poder sus colores naranja o verde o amarillo o rojo frenesí que se acentúa y borra en la multitud. (4)

Más adelante Monsiváis expresa: "Los asistentes están uniformados en su inmensa mayoría por signos culturales y raciales. A su cultura la han nutrido las horas de TV […] y esa hambre de internarse en los vericuetos de la 'modernidad'" (6). Los nacos que han dejado el salón de baile de los padres son ahora una fusión monstruosa de una modernización mal interpretada que la ahora llamada burguesía tendrá que delimitar, zanjar su territorialización para apartarse de esa confusión genérica que ha dado el indigenismo y su malformación social dentro de la modernización programática de lo mexicano. Monsiváis en su intento por delimitar el problema de la desintegración racial en lo mexicano, expresa una realidad brutal para los encargados de adentrarse en el problema de lo mexicano y su falta de modernidad. Si no había habido una delimitación de lo mexicano desde el punto de vista racial, con Monsiváis, lo naco se ha desprendido de sus integrantes para dejar resituar la imaginen de lo mexicano, antes construida con el contenido demográfico del ser y no del estar. Es decir, el cambio de paradigma dentro de la conformación de la esencia del mexicano se convierte en una apuesta por nombrar el individuo que cotidianamente habita la ciudad de México: el indígena vestido que ha perdido todo contacto con la tierra y sus orígenes. Así la vestimenta del indígena es la marca, la cicatriz que la fallida civilización occidental propuesta por la inteligencia mexicana había decidido implantar como los verdaderos merecedores de la mexicanidad. Consciente de esto y dentro de los terrenos fenomenológicos de la percepción de Merleau-Ponty, Monsiváis afirma:

Como nacos, se sienten y son desplazados de un centro que conserva señales de identidad excluyentes y exclusivas. ¡El naco en México! Aquel que no niega desde su apariencia su adhesión a La Raza de Bronce clang! Clang! Que es prietito de los meros buenos, que ha recibido de una fracturada clase media y una ensoberbecida burguesía el calificativo que aísla y degrada: naco, que a la letra dice sin educación y sin maneras, feo e insolente, sin gracia ni atractivo, irredimible, imagen inferiorizada de un país menor, lleno de complejos, resentido, vulgar, grueso, con bigotes de aguamielero, le va al Santo, masca chicle y en su casa no lo saben. (6)

La caracterización racial a la que alude Monsiváis nos revela la fractura de una sociedad que afirma que el racismo nunca ha sido parte de las preocupaciones del ser mexicano frente al estar en México. Es decir, de una ontología del ser mexicano que nos llena los vacíos discursivos de la carencia. Ciertamente para una clase media minoritaria (y esto hay que repetirlo hasta el cansancio para que no se confundan los paradigmas desarrollistas) el mexicano no es y no debe ser el naco. El naco es el engendro de un logro de la revolución. Una revolución que mostró sin miramientos que México era algo más que una clase media minoritaria que ejercía poder para sus propios intereses, que había que gobernar a una clase marginada que soñaba imitar a la minoría ablanqueada de la ciudad de México. Una minoría que ha negado el desarrollo del país en su totalidad para crear enclaves urbanos que simulen una realidad distinta al margen de lo que México bien debería de ser: una capital del mundo occidental con personas lo más blancas posibles. Monsiváis contextualiza a una población dentro de la fallida modernización que significaron los 40 años del milagro económico mexicano. Encima la realidad que opera en el naco es una autoinmolación por saberse perdedor, carente de todo lo que pueda concederle un viso de humanidad. Es el producto de una revolución que institucionalizó las concentraciones humanas de seres deshumanizados. Leemos en el ensayo: "El naco se sabe y se contempla jodido siempre de aquel lado de la barrera. Pero saberse naco no es aceptarse como tal y de modo combativo" (6). El naco es una entidad sin identidad programada; es una culpa histórica que no produce un discurso de combate sino de vergüenza. Saberse naco es asumir la carencia y reafirmar la división social propuesta por una minoría. En los discursos nacionales cuando hay que presentar la "riqueza" de México, el naco se esconde, se hace invisible y se reconoce como parte de un paisaje urbano inevitable que el clasemediero tiene que soportar con estoicismo. En su ensayo Monsiváis cita al arquitecto Mauricio Gómez Mayorga que había publicado libros como *La ciudad y la gente* (1979) y *Al rescate de México* (1982) entre otros: "Están convirtiendo a México en la gran Changotitlán" y luego agrega "cada estación del metro vomita nacos en oleadas […] ¿cómo vamos a ser una nación contemporánea si estos tipos arruinan, fastidian, mellan, vulneran el paisaje? (6).

De ese modo la unidad nacional sufre de dos políticas contrapuestas: una en la cual la presencia de los cuerpos tiene un énfasis, como en el mitin político al cual el naco es acarreado. Todavía como una religión sincrética, el naco llena la plaza para oír al candidato, al Gran Tlatoani en turno. A él se le dirigirán los discursos que pretenden sacarlo del vestido de miseria con el que se envuelve. Monsiváis lo expresa de la siguiente manera: "El largo abrazo de la Unidad Nacional lo ha proscrito, lo ha dejado de lado, lo ha incluido ocasionalmente en acarreos […]. Y luego de las elaboraciones sexenales sobre el destino de la Patria, la Unidad Nacional —lucha de clases ¡abstente! —lo ha dejado en la golpeada fascinación del desempleo" (6). El naco, arguye Monsiváis, es un problema radical dado que su presencia es inevitable. Es un problema que la ciudad debe afrontar y enfrentar para poder salir del fracaso modernizador en el que ha ido cayendo. Es un fenómeno de migración que la ciudad no puede contener porque, por un lado, su presencia legitima un poder perpetuado por el PRI; y por otro, entorpece los ideales de las clases minoritarias. México no ha sido nunca construido por una mayoría. Los nacos habitan una ciudad y un país. Monsiváis deja de lado lo que es un mexicano para hablar desde lo que ve, se percibe como mexicano dentro de la realidad cotidiana. Dejó de lado la concepción ontológica que hubo de abrirse por un momento en los años cincuenta para recuperar la carencia, no del que habita en México sino de aquel se piensa como mexicano, es decir, la intelligentsia que al tratar de reconciliarse con el centro cree restablecer el orden genealógico de todo un México. Monsiváis concluye: "Brutal y triunfante, la naquiza es y será de modo creciente, en su falta de politización y de salidas organizativas, el panorama ominoso de las ciudades, el paisaje vencido y enérgico que rodea al cada vez más dudoso ascenso de las clases medias y a las ruinas invictas de ese enorme aparato de triunfo y humillaciones, la difunta y voluntariosa Revolución Mexicana" (7). En cierta medida Monsiváis tiene razón por culpar a la revolución mexicana de la apertura racial que por primera vez México experimenta como problema relevante. De igual modo, la revolución mexicana es una de las tantas luchas que fracasaron a largo plazo y dentro de su aparente unidad nacional sólo hay grupos marginales y segregados que ha reelaborado un discurso impuesto a México desde su conformación. La literatura de la onda, en ese sentido, buscó darle nombre, siempre desde una perspectiva elitista, a los problemas que el "nuevo" poblador de la ciudad se enfrentaba si acaso podía salir de su zona marginal mediante una educación escolarizada. El paisaje de México sigue siendo broncíneo. Al mudarse el indígena del campo ha dejado todo aquello que no podía ser para estar dentro del engranaje de un México moderno que crea guetos, zonas residenciales de clase alta y centros comerciales que no hablan del México en el que convive la mayoría de sus pobladores. El cuerpo y la experimentación del mundo ha sido un factor relevante para crear a México desde su facticidad, desde su experiencia de ser imaginado sobre el estar como decorado. El naco no está solo, no está perdido en ningún laberinto, los que se han encerrado en torres de marfil son los otros, los que experimentan un México que les hubiera gustado habitar.

Bibliografía

Aguilar Camín, Héctor. Después del milagro. México: Cal y Arena, 1998.

Agustín, José. De perfil. México: Joaquín Mortiz, 1966

Castro, Juan E de. Mestizo Nations. Culture, Race, and Conformity in Latin American Literature. Tucson: The University of Arizona Press, 2002.

Cuesta, Jorge. Obras reunidas II. Ensayos y prosas varias. México: FCE, 2014.

García Canclini, Néstor. Latinoamérica buscando lugar en este siglo. México: Paidós, 2002.

García Saldaña, Parménides. En la ruta de la onda. México: Diógenes, 1972.

Gómez Mayorga, Mauricio. Al rescate de México. México: Edamex, 1982.

Gómez Mayorga, Mauricio. La ciudad y la gente. México: Jus, 1979.

Hedrick, Trace. Mestizo Modernism. New Brunswick: Rugters University Press, 2007.

Ibargüengoitia, Jorge. Instrucciones para vivir en México. México: Joaquín Mortiz, 1990.

Merleau-Ponty, Maurice. Fenomenología de la percepción. México: FCE, 1957.

Monsiváis, Carlos. Escenas de pudor y liviandad. México: Grijalbo, 1981.

Monsiváis, Carlos. "No es que sea feo sino que estoy mal envuelto jeje. Notas sobre la estética de la naquiza". Nexos, octubre (2010): 1-15.

Paz, Octavio. El laberinto de la soledad. Madrid: Cátedra, 1993.

Ramos, Samuel. Profile of Man and Culture in Mexico. Austin: University of Texas Press, 1962.

Sáinz, Gustavo. Gazapo. México: Joaquín Mortiz, 1965.

Uranga, Emilio. Análisis del ser mexicano. Guanajuato: Gobierno del Estado de Guanajuato, 1990.

Vasconcelos, José. La raza cósmica: misión de la raza iberoamericana. México: Espasa-Calpe, 1966.

"ME CANSÉ DE ROGARLE": CARLOS MONSIVÁIS Y EL CULTO AL FRACASO EN MÉXICO

Rodrigo Figeroa Obregón
New Mexico State University

La historia de México está poblada de fantasmas y traumas históricos que rondan la consciencia colectiva y la habitan. Octavio Paz en El laberinto de la soledad insiste en que la Conquista se vive como una violación. Este momento fundacional de la idea de lo que hoy llamamos "México" es en sí mismo un fracaso, pues, por varios motivos que sería muy largo explorar, en México se habla desde la perspectiva de los aztecas: los españoles vinieron y nos conquistaron. Moctezuma y Cuauhtémoc son el signo de la mexicanidad. No es gratuito que dos de las cervecerías más importantes del país que se fundaron durante el porfiriato lleven estos nombres y el día de hoy sean una sola compañía subsidiaria, no sin ironía, de Heineken International. La Conquista, el Segundo Imperio, el Tratado de Guadalupe Hidalgo, la Intervención Francesa, la Revolución, Tlatelolco, el Tratado de Libre Comercio, Ayotzinapa son, entre otros, los fantasmas que han marcado la historia de México; son asimismo un largo discurso del fracaso. Esto no quiere decir que no haya habido momentos triunfales, pero en la consciencia colectiva se tiende a enfatizar la caída, la pérdida y la derrota.

Por lo anterior es que Brian Price en *Cult of Defeat in Mexico's Historical Fiction. Failure, Trauma, and Loss* insiste en que "[Mexican] authors connect with the tragic moments of their history by employing a series of discursive strategies that highlight, reinterpret, and even poeticize perceived cultural, political, and social shortcomings" (4). Price titula su libro y toma la idea principal de un artículo de Carlos Monsiváis: "los momentos estelares de la historia mexicana tienden a ser fracasos" ("¿Cómo" 14-5). A pesar de que es el mismo Monsiváis quien hace esta afirmación, de la cual parte Price para su análisis de la novela histórica en México, es el propio cronista defeño quien encuentra no pocos elementos de gloria en este país. Lo que es importante recalcar, y es lo que el presente capítulo propone, es que no es en la gran historia nacional donde Monsiváis encuentra la gloria de México ni en sus escasos hechos bélicos ni en su asociación con las grandes potencias occidentales. Por el contrario, su gloria radica en la cultura popular, en los íconos del barrio que llegan a la conciencia nacional por medio de los medios masivos de comunicación. Así, este capítulo propone una reevaluación y reinterpretación de la historia mexicana en la que Monsiváis dirige la mirada de su voz cronista hacia lo local, hacia el instante fragmentario que se vuelve eterno por medio de las audiencias, de su reproducción en los medios y en el comentario de los barrios y las colonias.

De este modo, este capítulo analiza las formas en que Carlos Monsiváis inserta deliberadamente a varios ídolos populares en la sensibilidad nacional como el pilar de su identidad en lugar de transponer el imperialismo y las proezas bélicas de otros países a la historia mexicana. Respecto a cómo se ven los movimientos sociales desde dentro, Monsiváis afirma que "en el momento justo cristalizan experiencias y necesidades de años, y un sector excluido decide no delegar ya pasivamente su representación, y condensa de golpe exigencias y manera de ser" (Entrada 12). Esta idea refleja la forma en la que Monsiváis articula la historia desde la cotidianidad, desde las figuras entronadas por el pueblo de la sociedad de masas, aquella que ha decidido reformular sus tradiciones y su gusto. Éstos le han venido desde arriba, se los ha impuesto el Estado a través de libros de texto de historia y civismo. Sin embargo, retomando la idea que explora Brian Price, el propio Monsiváis afirma tras citar los versos "[…] la derrota / es superior estéticamente / a la victoria" de Juan Gustavo Cobo Borda:

Y, ¿cuál es la superioridad estética de las derrotas que nacen hechas y se afinan hasta la perfección, sin concesiones al espíritu triunfalista? Los vencidos de antemano no provocan por lo general sentimientos catárticos. Son demostraciones circulares: si toda su existencia es una derrota el ejemplo se anula a sí mismo. (Escenas 203)

Es decir, el fatalismo y el derrotismo del discurso nacional se agota en sí mismo; no tiene un sentido estético si carece de ciertos elementos triunfales, que Monsiváis encuentra en la cultura popular. De ahí que nuestro autor encuentre en el melodrama el género popular por excelencia, pues junta lo dulce y lo amargo, acentuándose por contraposición el uno al otro: "El Arrabal tiene un género: el melodrama; [...] Lo que el cine industrializa es un modo de ser genuino (que se volverá teatral al verse repetido en la pantalla) donde lo autobiográfico es siempre lo comunal, y las experiencias sólo tienen sentido si se cuentan en detalle" (Escenas 80). A pesar de que la relación que propone Monsiváis entre el triunfo y el melodrama populares y los medios masivos de comunicación es bastante compleja, como se verá más adelante, es importante recalcar que es el melodrama, y no la épica, el género de los barrios populares.

Es importante recalcar, cuando se habla de lo popular en la obra de Monsiváis, que él nota una serie de tradiciones en decadencia y el surgimiento de otras. Ve en las postrimerías del siglo XX y los albores del XXI un México que está cambiando junto con sus gustos. A diferencia de lo propuesto por el discurso oficial, el México popular está en constante flujo, transformándose, convirtiéndose siempre en algo nuevo e incorporando lo que le llega del exterior y produciendo figuras y tradiciones para el mundo. En su "Necrología de la tradición: catálogo de instituciones mexicanas recientemente fenecidas" (Días 254-57), el autor apunta entre éstas los juegos infantiles, los símbolos patrios en septiembre, el caballero que respetaba a Dios, los juegos de salón (incluida entre ellos la democracia mexicana), la Revolución y la idea misma de tradición. Sara Potter comenta que "over time, the heroes change, evolve, or decay. While poets, teachers, and revolutionaries were the heroes of the 19th century and the first quarter of the 20th, these figures were later displaced by film actors and athletes, mostly soccer players and boxers" (18-9). De este modo, México no se propone como un monolito creado a partir de sus héroes o sus íconos populares, sino que éstos están siempre en constante cambio. Siguiendo lo que apunta Potter, los poetas, maestros y revolucionarios eran los héroes decimonónicos; sin embargo, hay que apuntar que éstos son en gran medida íconos que el Estado hace circular por medio de la educación pública (Morales 263). La radio, la televisión y el internet producen una serie de íconos alejados en mayor o menor medida del Estado y más próximos a una sensibilidad pop. Ésta, además, carece de una dimensión histórica; es puro presente que hace olvidar los fracasos del pasado: "la mirada de Monsiváis se fija al mismo tiempo en lo inactual y lo inmediato, ávida de alcanzar el roce temporal que reorganice los discursos sociales sin anular la tensión entre lo que ha desaparecido y lo que aún permanece" (Mudrovcic 134).

Andrea González Márquez afirma que "la protagonista de estas narraciones [las de Los rituales del caos] es la sociedad de masas" (22). Ésta se comprende únicamente a partir de los medios masivos de comunicación, y más específicamente el cine, la radio y la televisión. Es tal la importancia que éstos adquieren en la crónica de Monsiváis que Linda Egan afirma que éste "observes that film reworks oral culture and, together with radio, helps fashion a great undertaking in those years: the assimilation of technology, industrial economies and domestic conveniences, which somewhat compensate for fluctuations in a Mexico caught in transition" (7-8). Egan comenta que Monsiváis nota esto durante la década de los cuarenta, pero la observación es aplicable a cualquier tecnología que México haya intentado incorporar, incluidos la televisión por cable y el internet. Así, México siempre está siendo sorprendido en una transición, usualmente violenta, siguiendo la idea de que la historia de México es una superposición de distintos estratos históricos, como lo propone Octavio Paz (146). De este modo, la sociedad mexicana de la segunda mitad del siglo XX está constituida y encuentra su sustento en los medios masivos de comunicación.

Éstos producen un aura en los sujetos que entronan: "no es la realidad misma la que provee el contenido de la obra de arte [de Andy Warhol] sino una realidad secundaria: el retrato del ídolo de masas como imagen cliché que aparece millones de veces en los medios masivos y que penetra en la conciencia de un público masivo" (Huyssen 254). De este modo, la imagen se convierte en un ídolo, en los varios sentidos del griego "εἴδωλον" (fantasma, imagen, idea, ídolo religioso). El sujeto reproducido en los medios es una imagen repetida ad infinitum, pero inalcanzable materialmente. Julieta Viú (134) afirma que la figura del ídolo pertenece ambiguamente al ámbito de lo sagrado. La paradoja del ídolo la resuma el propio Monsiváis al hablar de lo que el matchmaker Jesús Lomelín le dijo a El Santo: "Tienes que ser tú mismo, y para eso tienes que ser otro" (Los rituales 125). Este ídolo popular es porque no es:

En la perdurabilidad del [sic] Santo, intervienen sus méritos y de manera notable, las aportaciones de la máscara (no ocultadora sino creadora de su identidad), y del "seudónimo" que implica religiosidad y misterio, fuerzas ultraterrenas y técnicas de defensa personal que, de paso, protegen a la Humanidad. (Los rituales 128)

Rodolfo Guzmán no es importante, como tampoco lo es su rostro, sino que es el ídolo El Santo quien realmente ha logrado el estatus de figura mítica sobre la que se funda uno de los discursos del México moderno: el luchador de Hidalgo que puede vencer a mujeres vampiro, momias y zombis y salvar a la Humanidad (con mayúscula). ¿De qué depende este mito? Monsiváis responde: "El Santo: una fábula de nuestra cultura urbana; una vida profesional cuya primera razón de ser fue la carencia de rostro; una fama sin rasgos faciales a los cuales adherirse" (Los rituales 133).

La carencia de rostro de El Santo es fundamental para comprender la creación de ídolos populares en la crónica de Monsiváis. Esto no quiere que todos los ídolos del México de la segunda mitad del siglo XX carezcan de rostro, sino que esta condición paradójica de omnipresencia inmaterial es lo que permite que vivan en un eterno presente. Los héroes del nacionalismo oficial son los de la Revolución (Morales 263), que pertenecen a un panteón demasiado intangible: hay algunas fotos de ellos y circulan algunas grabaciones granuladas, pero su voz no se escucha, están congelados en la historia. Los revolucionarios llegan a los mexicanos sobre todo por ilustraciones y discursos. El Santo se mueve y pelea y todos pueden verlo; no hay mucho que interpretar… y eso es bueno, pues Benedict Anderson afirma que al poder político del nacionalismo se contrapone su pobreza filosófica (5). El Santo se convierte en un mito fundacional del México contemporáneo por su falta de rostro y su ubicuidad; lo hace en varios de los sentidos del griego μῦθος (ficción, leyenda, fábula, mentira, rumor), pero también el componente central de una religión. Ícono mítico, El Santo se vuelve en el discurso del pueblo, en un ser que puede verse en las arenas, pero no en la calle, es el paradójico material de la nación: "Para el cronista, el mito no es solo el relato falsificador que legitima al Estado [...], sino también el relato que funda, nutre y edifica una nueva forma de comprensión de la cultura" (Morales 264).

Aún las tradiciones más populares han pasado por la lente de la Kodak (y hoy podríamos agregar que también de la de Disney y Pixar): el día de muertos (Días 295). Aquello que hacía al mexicano un "turista en su propia tierra" (Días 298) se empieza a convertir en una estampa de una mexicanidad homogénea; tan es así que el centro de atención durante el día de muertos ha pasado de Mixquic (como lo presenta Monsiváis) al desfile en Avenida Reforma en la Ciudad de México, creado a partir de una escena de Spectre (Shepherd), una película de James Bond. Dice Monsiváis: "Lo que congrega en Mixquic no es un acto de afirmación nacionalista, sino una experiencia –por darle un nombre– desnacionalizante. El habitante de la Zona Rosa llega allí para sentirse lejano, extranjero, otro, ante las umbrosas y porfiadas ceremonias de los indígenas" (Días 297). Así, la experiencia directa de la nación la hace ajena. El punto, como propone el propio Anderson (6), no es la vivencia de la nación, sino su imaginación como una comunidad, lo cual se logra extraordinariamente bien a través de la imagen, del ídolo que aparece en la televisión y que es tal por virtud misma de ésta. Es decir, el día de muertos solamente se puede volver mexicano en cuanto deja de ser local y se adecua a los gustos y usos de la comunidad nacional (y aun internacional).

Es importante también recalcar que la creación de ídolos tiene una contraparte que debe ser tomada en cuenta: el exceso. En la sociedad de masas, toda ruptura de la medianía es un exceso que debe considerarse para evitar que quien logró salir de ella ahí regrese. Sara Potter (21) discute la idea de McLuhan, aplicacada a la crónica de Monsiváis, de que toda extensión de uno mismo (como la televisión, la radio o el cine) implica también una autoamputación para mantener el equilibrio. De esta manera, la creación de El Santo implica la amputación de Rodolfo Guzmán y la internalización del día de muertos la de todo elemento local o auténticamente indígena (como las lenguas nativas de México). La misma Potter (21) apunta que Monsiváis ve una simbiosis entre la pantalla y la realidad. De ahí que Andrea González Márquez vea los sujetos de las crónicas de Monsiváis como una serie de simulacros en el sentido que Baudrillard da a este término, llegando a la conclusión de que "[para Monsiváis,] la lógica del simulacro será el vehículo de un cambio radical en la naturaleza del centro urbano" (29). Así como Baudrillard toma el mapa de Borges como el simulacro de la ciudad, Monsiváis propone que el exceso de la creación televisiva y cinematográfica hace del simulacro la "realidad" de la ciudad (y el país).

Como se comentó al inicio de este capítulo, ese simulacro no es el culto al fracaso que nos propone la novela histórica o hasta la historia misma, sino la creación de ídolos populares signados por el triunfo. Desde su primer libro de crónicas, *Días de guardar*, se puede ver en Monsiváis la aparición de momentos triunfales libres del fatalismo histórico: "The greatest transgression in Días is the way it assigns meaning to spontaneous events rather than to cycles of rigidly measured time" (Egan 157). El discurso del Estado, que asocia a los mexicanos contemporáneos con el encuentro, sumamente simplificado, entre conquistadores españoles y aztecas y propone un devenir histórico que llega a la Revolución y crea el Estado priísta queda cancelado por una serie de eventos espontáneos que producen un gozo atemporal y, por lo tanto, siempre presente. Monsiváis no ve en este tipo de historia sino una falsedad, una "mitomanía nacionalista" (Los rituales 71):

La práctica textual de Monsiváis, más allá de si escribe ensayos, crónicas o cuentos, deriva de una consideración cuidadosa y prolongada de lo que significa la visión del mundo. Monsiváis desconfía de las soluciones, incluso de las "correctas". Por esto opta por dar un paso atrás y ofrecerlas todas, sin certeza, vacilando al vacilar, afirmando la duda, la ambigüedad. (Ruisánchez 244)

Aunque Monsiváis, como propone José Ramón Ruisánchez, da un paso atrás y ofrece varias soluciones, es importante recalcar que sí enfatiza algunas de éstas. Por ejemplo, el caso de Julio César Chávez en *Los rituales del caos*.

La crónica que Monsiváis hace sobre el púgil más famoso de la historia de México está repleta de la ironía que lo caracteriza. Sin embargo, el blanco de ésta es principalmente el nacionalismo que se intenta implantar desde el Estado y los medios de comunicación: "En el video-clip difundido por las pantallas inmensas, se moviliza el México que debió existir si los aztecas hubiesen conseguido patrocinadores. […] Los treinta siglos de esplendor se adhieren a la causa de Julio César Chávez" (Los rituales 26). Estos míticos padres del México contemporáneo carecen de historia y se vuelven ídolos del presente, pero fabricados por el Estado, por las corporaciones, no han sido elegidos ni erigidos por los asistentes a la pelea de Chávez. El público conoce al verdadero ídolo, aquel que ha visto en la tele y ha elegido como su representante. Los aztecas y los mayas atemporales no han levantado los puños en el presente ni ante los estadounidenses (el Árbol de la Noche Triste es un tronco ruinoso): "¿Cómo es posible que él [Kid Terranova], un mexicano feo, un peladito, le gane a un gringo?" (Los rituales 28) Tan sabe el público quién es el ídolo que "aquí no se viene encumbrar al Famoso, ya lo está y en exceso, se viene a reconocerse en algún nivel del éxito. Muy probablemente por eso han pagado lo que han pagado los de Tepito y La Lagunilla y La Merced" (Monsiváis, Los rituales 27). Así como se utiliza la mayúscula para diferenciar al Dios único de los distintos dioses, Monsiváis utiliza al Famoso para mostrar su unicidad en el presente, pues no es un famoso entre muchos, sino que es el mito y el Ídolo que, como El Santo, redime a la Humanidad. De igual manera hay que recalcar el uso del polisíndeton al enumerar los barrios de la Ciudad de México: éstos son uno y continuos entre el público, ahí no hay calles que los dividan ni rivalidades antañonas, sino que todos se reconocen en el éxito, en El César.

¿Cómo es que Julio César Chávez, el sinaloense nacido en Sonora, se hace ídolo de México? Responde Monsiváis:

Está escrito: ha concluido el tiempo y los testigos directos. La televisión ha eliminado ese dudoso privilegio, y el rumor ansioso de las arenas de box. El dentro y el afuera se extinguen como categorías inapelables, y en el Estadio Azteca por cortesía de los celulares, los que vinieron les refieren el ambientazo a sus amigos y familiares. (Los rituales 29)

Esta ruptura de las barreras de la exclusión es de suma importancia. De hecho, puede resultar mejor quedarse en casa y ver la televisión que ir a las gradas más altas del estadio. Para empezar, es más barato quedarse en casa y se ve mejor la pelea. Sin embargo, más allá de cómo es preferible ver la contienda, lo realmente importante es que "la pelea no tiene mucho interés, al decir de los expertos. Pero el país goza de uno de esos ratos de esparcimiento en los cuales vuelve a ser, por un instante, la Nación" (Monsiváis, Los rituales 30). La posibilidad de reimaginar la nación, como nos dice Anderson que logró la prensa (22-46), se logra en la segunda mitad del siglo XX a través de la televisión, en un presente al que una gran mayoría de la población tiene acceso como tal y no como el pasado que se describe en los periódicos o los libros de historia. La Nación pudo ser nuevamente tal en la medida en la que vio a Greg Haugen perder en el quinto asalto ese 20 de febrero de 1993. Por supuesto, Chávez era el ícono de México y Haugen el de Estados Unidos. Y de la historia entre estos países solamente importaba en ese momento el Tratado de Guadalupe Hidalgo. Julio César Chávez dirime 145 años y 17 días de injusticia… Es más, dirime la Conquista misma, pues Haugen es también los conquistadores y Chávez los aztecas.

El triunfo de El César del Boxeo no está a discusión, no es materia de propaganda, es un nocaut técnico en el quinto asalto que se puede ver una y otra vez. Carlos Salinas de Gortari, aunque quiso adherirse a la leyenda de Chávez (Monsiváis, Los rituales 24), como el PRI a la de la Revolución, queda fuera de la tele cuando el réferi detiene la pelea. En la grabación no hay más que Chávez levantando el puño derecho en señal de victoria; ese momento es el que importa, el que recrea a la nación.

Hay un tercer gran ídolo del México popular y éste no está relacionado con los deportes de contacto: José Alfredo Jiménez, una "institución de instituciones" (Monsiváis, Antología 115). Esta figura entraña una paradoja aún más compleja que El Santo y Julio César Chávez, pues José Alfredo Jiménez parecería el opuesto a éstos en la medida en la que ensalza la derrota amorosa: "autocompasión que perfecciona el placer del triunfo. (No es 'masoquismo', es la costumbre compensatoria de los marginales: en la derrota se es más verdadero por ajustarse a la sentencia emitida desde el nacimiento: 'El que nace pa' maceta no sale del corredor')" (Monsiváis, Antología 117). Al revisar este fragmento, inmediatamente puede notarse la paradoja entre la autocompasión y el placer del triunfo, acentuada por el masoquismo, la marginalidad y la derrota. Sin embargo, es en esta paradoja donde radica el triunfalismo de José Alfredo, esparcido por todo México (y el mundo) a través de la radio, los discos, los CDs, YouTube y Spotify.

Monsiváis ve en "Ella" el himno de la derrota por excelencia. Dice el cronista: "En ese ámbito donde el Espíritu de la Raza es sinónimo del hombre muy hombre, la aparición de 'Ella' en 1950 es un antídoto devastador. Ninguna otra canción de José Alfredo consigue el estremecimiento tan inmediato que altera la psicología social" (Antología 119). Antídoto contra la masculinidad triunfalista, contra el Espíritu (Geist) que Vasconcelos toma de Hegel y aplica a la raza cósmica. La Historia no va a ningún lado ni el hombre (con minúscula o mayúscula), sino que éste se ha rendido ante el infortunio que es su signo: "Ella quiso quedarse / cuando vio mi tristeza, / pero ya estaba escrito / que aquella noche / perdiera su amor". La mujer sigue un dictado que "ya estaba escrito", aunque ella quería quedarse con el bardo porque se compadece de él. Ese dictado no es otro que la derrota como el signo nacional, como la médula de la pertenencia a México, es por ello que "Ella, bien lo sabe el habitante de la Parranda, ni lo ha dejado ni se ha extraviado en la selva del desastre, y ahí lo aguarda en la casa, pero tal certeza es insignificante y muy ofensiva en este momento [el de la parranda]" (Monsiváis, Antología 127). En este caso, Ella es la mujer mítica, pues no importa que haya una mujer de carne y hueso que ame y acepte al hombre, éste tiene que negar la realidad para insertarse en el cuerpo de la nación, en el discurso que se ha entronizado como "lo mexicano". Monsiváis lo llama "el orgullo del abismo", donde "¡la pobreza es la cima de los valores morales!" (Antología 121). No se puede ser simplemente desdichado, sino que es una obligación ser el más desdichado, el más grande perdedor: "la mala suerte [es] la única suerte realmente existente" (Antología 123).

Como se comentó anteriormente, el fracaso homogéneo no tiene valor estético. La contraposición que José Alfredo Jiménez le da es precisamente ese macho que se debe ser y nadie puede ser realmente. Si no todos podemos ser ricos, encumbremos la pobreza. Si no todos podemos ser machos, ensalcemos la debilidad y el llanto. De ahí que éste sea el culmen de la borrachera, pero debe ir precedido de la risotada obscena y la algarabía. Este choque de contrarios cancela la historia y el pasado: "Lo que distingue a José Alfredo de otros letristas es su glorificación del pesimismo. Si nada es eterno, al aceptarlo 'eterniza' los instantes dedicados a la evocación amorosa" (Antología 129). El pesimismo de este cantautor permite hacer a un lado la historia de México y centrarse en el fracaso amoroso y de ahí ascender, aunque sea en el sufrimiento. Es una cura contra la mediocridad, contra la medianía y la monotonía. Es un remedio contra querer ser y no haber sido, contra el peso del pasado: "la antigua cursilería [y podría agregarse el patetismo] resiste y asimila los embates de la modernidad y la posmodernidad" (Monsiváis, Escenas 187). Aunque "cursilería" lleve el adjetivo "antigua", en realidad marca una forma que se pretende atemporal de ser. No importa cuándo sucedan, la cursilería y otras formas del patetismo son tan intensas que requieren ser ahistóricas y, por lo tanto, eternas. Son momentos que, como insiste el cronista, se eternizan en pantallas (de cine, de televisión y teléfonos inteligente) y radios, pero sobre todo en el cuerpo de la mexicanidad. Ser mexicano es fracasar y seguir siendo el rey (sin trono ni reina). La voz del mexicano es la de quien clama en el desierto, de quien espera en la soledad y se regocija en ella, aunque la realidad le haya dado una mujer que lo ame y lo espera en casa o algunos triunfos en su historia. Sólo en esta negación puede haber una cierta pureza, un ser que no se quede a medias: se ha de fracasar hasta las últimas consecuencias.

Las figuras populares, los mitos e ídolos que éstas encarnan, son para Monsiváis el contrapunto al fracaso real de México. En ellas se puede adorar el triunfo momentáneo como si fuera eterno o hacer del fracaso la cima que se anhelaba. Monsiváis enfatiza la necesidad de la negación de la historia para la creación de una identidad mexicana que se pueda sentir, aunque paradójicamente, triunfante en el pináculo de su derrota. Los proyectos de la Independencia y la Revolución podrán haberse desmoronado de varias maneras, pero El Santo, J.C. Chávez y José Alfredo Jiménez han ganado a su manera y esas victorias son eternas.

Obras Citadas

Anderson, Benedict. Imagined Communities. Reflections on the Origin and Spread of Nationalism. 2a ed., Verso, 2006.
Egan, Linda. Carlos Monsiváis. Culture and Chronicle in Contemporary Mexico. U of Arizona P, 2001.
González Márquez, Andrea. "Crónica del simulacro: Los rituales del caos de Carlos Monsiváis". Textos híbridos, vol. 2, no. 2, 2012, pp. 20-30.
Huyssen, Andreas. Después de la gran división. Modernismo, cultura de masas, posmodernismo. Anagrama, 2006.
Monsiváis, Carlos. Escenas de pudor y liviandad. Grijalbo, 1981.
---. Días de guardar. 11ª ed., Era, 1986.
---. Entrada libre. Crónicas de la sociedad que se organiza. Era, 1992.
---. Los rituales del caos. Era, 1995.
---. "¿Cómo se dice 'México' en español, lenguas indígenas y espanglish?" Proceso, 19 sept. 2004, pp. 14-5.
---. Antología personal. U de Puerto Rico, 2009.
Morales, Miguel. "Vivir, desahuciar y refundar la nación: Monsiváis y el problema del nacionalismo mexicano a la luz del PRI y de la expansión cultural de Estados Unidos". Chasqui, vol. 45, no. 2, 2016, pp. 261-77.
Mudrovcic, María Eugenia. "Cultura nacionalista vs. cultura nacional: Carlos Monsiváis ante la sociedad de masas". El arte de la ironía. Carlos Monsiváis ante la crítica, editado por Mabel Moraña e Ignacio Sánchez Prado, UNAM-Era, 2007, pp. 124-35.
Paz, Octavio. El laberinto de la soledad, 13ª edición, editado por Enrico Mario Santí, Cátedra, 2007.

Potter, Sara. "There Goes my Hero: Heroic Figures, Utopic Discourse, and Cultural Identity in Carlos Monsiváis's Aires de Familia". Textos híbridos, vol. 1, no. 2, 2011, pp. 16-30.

Price, Brian L. Cult of Defeat in Mexico's Historical Fiction. Failure, Trauma, and Loss. Palgrave MacMillan, 2012.

Ruisánchez, José Ramón. "Carlos Monsiváis, historiador". El arte de la ironía. Carlos Monsiváis ante la crítica, editado por Mabel Moraña e Ignacio Sánchez Prado, UNAM-Era, 2007, pp. 242-55.

Shepherd, Jack. "James Bond: Mexico City to hold first Day of the Dead parade thanks to Spectre". The Independent, 27 oct. 2016, https://www.independent.co.uk/arts-entertainment/films/news/james-bond-spectre-mexico-city-day-of-the-dead-parade-a7382471.html. Acceso 17 mar. 2022.

Viú Adagio, Julieta. "La crónica después de la gran división. Carlos Monsiváis entre vedettes e ídolos". Literatura mexicana, vol. XXIX, no. 1, 2018, pp. 125-44.

e.

CARLOS MONSIVÁIS: CRÍTICO DEL GÉNERO POLICIAL

Gerardo García Muñoz
Praire View Texas A&M University

El ensayo "Ustedes que jamás han sido asesinados" publicado en la Revista de la Universidad de México en marzo de 1973 constituye un texto clave en el discurso crítico sobre el género policiaco en América Latina. Polémico desde el título, Carlos Monsiváis efectúa, mediante el despliegue de una enorme erudición, la anatomía de un género que le suscita, simultáneamente, animosidad y admiración. La antología Retóricas del crimen: reflexiones latinoamericanas sobre el género policial preparada por el académico argentino Ezequiel De Rosso reúne un conjunto de textos, entre ellos "Ustedes que jamás han sido asesinados", que ilustran las variadas perspectivas críticas sobre una práctica literaria favorecida por el público lector. En el prólogo el compilador fija la génesis latinoamericana del género inventado por Edgar Allan Poe y la sitúa en tres países, México, Chile, y Argentina, durante las décadas del treinta y cuarenta de la centuria anterior. Los textos de Jorge Luis Borges, Alfonso Reyes y Xavier Villaurrutia se enfocan en resaltar la cualidad formal del relato policial. En "Leyes de la narración policial" (1933), y que posteriormente portará el título "Los laberintos policiales y Chesterton", el autor de Otras inquisiciones, según el compilador, efectúa una defensa del "orden" intrínseco en la estructura de ficciones detectivescas y del "trabajo intelectual" requerido para construirlas. Alfonso Reyes en "Sobre la novela policial" (1945) efectúa la apología de dicha vertiente literaria al recurrir a uno de los puntos axiales de su vasta erudición: "Interés de la fábula y coherencia de la acción. Pues, ¿Qué más exigía Aristóteles? La novela policial es el género clásico de nuestro tiempo" (71). El prólogo de Xavier Villaurrutia a La obligación de asesinar (1946) de Antonio Helú, según De Rosso, "reivindica explícitamente el lugar de la repetición que garantiza el pacto de lectura genérico, pero además se opone a los mismos enemigos que Borges y Reyes: la literatura 'oficial'" (16). En el caso de México, cabría preguntarse cuál era la literatura oficial a la que denuestan Reyes y Villaurrutia. La respuesta: la novela de la Revolución mexicana, considerado el paradigma literario por su enaltecimiento de los acontecimientos bélicos que habían transformado al país en una nación moderna. Un gran acierto del compilador reside en subrayar el papel relevante del movimiento vanguardista en la práctica y valoración de la ficción policial. De Rosso enumera varias obras creadas por artífices identificados con la vanguardia: "Un hombre muerto a puntapiés" de Pablo Palacio, "Un crimen provisional" de Arqueles Vela, "La envenenada" de Felisberto Hernández, y "El jardinero del castillo de medianoche (novela policial)", escrita al alimón por Vicente Huidobro y Hans Arp. El texto de Alejo Carpentier, "Apología de la novela policíaca", publicado en 1931 en Carteles se centra en la figura del criminal y en su argumentación se advierte la similitud con los postulados de Chesterton esgrimidos en su cuento "La cruz azul": el criminal es el artista creador, y el detective es sólo el crítico, lo cual es aclarado por De Rosso en una nota al pie de página. Lo importante no es su originalidad, o la falta de ella; más bien, el artículo testimonia la vastedad de lecturas del escritor cubano. Juan Carlos Onetti también se unió al coro de entusiastas. En "Mr. Philo Vance, detective", el autor de El astillero proclama su preferencia por las ficciones detectivescas de S.S. Van Dine en vez de "un poema dedicado a la guerra que azota el mundo y una novela de trescientas páginas donde se estudie sabiamente las reacciones producidas en el personaje por un drama de adulterio". (65) El repudio del escritor uruguayo por las novelas psicológicas se empariente con el rechazo que le suscitaban a Borges los tomos mastodónticos y morosos al estilo de Marcel Proust. Pero, como se verá ulteriormente, la defensa de Onetti contrasta con las apreciaciones desfavorables del escritor estadunidense vertidas por Borges y Monsiváis. En suma, como apunta De Rosso, la vanguardia fue precursora en la teoría y práctica del policial latinoamericano: "ahí donde la crítica de vanguardia se preocupa por los contenidos actualizados en la ficción policial, la crítica del cuarenta se preocupa por el método de composición." (20) En otras palabras, el asunto del fondo y la forma, el tema sobre el que se vertebra la intriga, y el modo en que se estructuran los eventos narrados.

En la sección del prólogo rotulada "Interludio" De Rosso afirma que en la década del cincuenta sucede un desplazamiento del discurso crítico propuesto por la vanguardia. Una figura clave es el escritor argentino Rodolfo Walsh, cuya reflexión "llevará a reformular el género policial." (22-23) Para De Rosso, el ensayo "Dos mil quinientos años de literatura policial" es un intento por buscar fuentes prestigiosas para comprobar una calidad persistente al paso del tiempo. Walsh niega la paternidad a Poe, y sostiene que ficciones de detección se encuentran en textos de reputación universal: a) la Biblia, en la que el profeta Daniel es el primer detective de que se tenga memoria; b) los poemas homéricos; c) la Eneida de Virgilio; d) Zadig de Voltaire; e) el Popol Vuh; f) la aventura del báculo narrada en Don Quijote, en la cual, según Walsh, hay un evidente parecido con La carta robada de Poe, una afirmación que no deja de sorprender por su audacia (91-97).

La tercera sección del prólogo, "El segundo umbral: la posibilidad del relato policial" abre con un ensayo capital "Ustedes que jamás han sido asesinados" (1973) de Carlos Monsiváis. Para De Rosso, el escrito de Monsiváis es importante porque proclama la importancia del contexto sociopolítico para configurar una literatura policial afincada en la verosimilitud (24). Nuestra propuesta consiste en emprender una lectura del ensayo enfocada en el rastreo de las referencias que aparecen de forma oblicua, y así desmontar el tejido invisible urdido por el lector de policiales llamado Carlos Monsiváis. Un necesario deslinde. Sólo se analiza la producción literaria del género policiaco, dejando de lado aquellas dedicadas a las adaptaciones cinematográficas y a la novela de espionaje.

"Ustedes que jamás han sido asesinados" comienza con epígrafes de varias novelas policiacas seleccionados por Monsiváis para apuntalar su propósito crítico. De acuerdo con Helena Beristáin, el epígrafe es un artificio retórico definido como: "Cita o sentencia que, a guisa de lema o divisa, antecede a una obra o a cada uno de sus capítulos, encabezándolos. Resume los presupuestos del texto que preside, y anticipa su orientación general." (Beristáin, 194) Los epígrafes avisan, por lo tanto, las intenciones del autor: mostrar, mediante una notable erudición, las transformaciones experimentadas por la ficción policiaca durante la primera parte de la centuria anterior. El título indica la personificación de los epígrafes en uno de los elementos esenciales del género autopsiado. ¿Cuál es el delito que se les imputa para anatematizarlos con la ignominiosa etiqueta de sospechoso? El primer epígrafe proviene de la novela El caso del alfil obispo del autor estadunidense S. S. Van Dine, uno de los autores más prolíficos durante la época dorada de la vertiente del llamado whodunit (¿quién lo hizo?). El fragmento reproducido por Monsiváis ocurre en la última página. El detective Philo Vance le confiesa a Markham, el fiscal de distrito, haber sentido "menos remordimiento cuando ayudé a un monstruo como Dillard en su tránsito al Más Allá que el que sentiría al aplastar un reptil ponzoñoso en el momento en que se dispusiera a morderme." La confesión del investigador provoca el escándalo de su interlocutor. La explicación de Vance es convincente y no exenta de un frío cinismo. El profesor Dillard resulta ser el responsable de múltiples asesinatos, y cuando intenta matar a otro personaje al poner veneno en una copa de vino, Vance aprovecha un descuido suyo, intercambia las copas, y Dillard muere víctima de su propia trampa. El detective se ha identificado con la mente del criminal, uno de los tópicos clave del género policial. En la sección "¿Quién mató a Cock Robin?" Monsiváis desmonta los mecanismos literarios de la novela: "Van Dine representa, en su mejor instancia, a la novelística donde autor y lector le confieren al crimen la serenidad geométrica del crucigrama y la alegría derivada de establecer, con vistas a la verdad, hipótesis de conducta." (Monsiváis, 3) El relato enigma es, por lo tanto, una construcción geométrica, o sea, todas las líneas narrativas confluyen en un punto central donde se esconde un misterio a ser develado. Para Borges, Van Dine representa lo más cuestionable de una fórmula predecible por gastada. ("S. S. Van Dine", 95-97). El segundo epígrafe pertenece a El asesinato de Roger Ackroyd de la escritora inglesa Agatha Christie, sin duda la pluma más famosa del género. Como lo afirma Monsiváis, la novela es una obra maestra (4). La historia, como es sabido, es contada por el propio asesino, un artificio posteriormente empleado por Borges en "La forma de la espada". En el epígrafe Hércules Poirot trata de convencer al narrador en primera persona, el doctor Sheppard, de que cometa un suicidio para evadir la justicia. El tercer epígrafe marca la transición del modelo clásico al hardboiled estadunidense. Las cínicas palabras articuladas por el detective Sam Spade, la notable creación de Dashiell Hammett, condenan a Brigid O'Shaughnessy, la femme fatale de El halcón maltés, a consumir su existencia en los muros de la prisión. El epígrafe de Bésame moribunda escrito por Mickey Spillane difiere de los anteriores en la mórbida descripción física de una mujer desfigurada por el fuego, aunque guarda similitudes con el cinismo expresado por Sam Spade. Monsiváis va a diseccionar cada una de las obras de las que surgen los epígrafes, una empresa que revela el profundo conocimiento del lector de policiales llamado Carlos Monsiváis.

La primera sección del ensayo "El fin de la coartada" comienza con una frase tajante: "¿Quién le teme a la literatura policial?" (1) Monsiváis sostiene la decadencia del género literario debido a su comercialización masiva, y se ha vuelto un entretenimiento banal frecuentado por "solteronas y burócratas jubilados" (1). El acta de defunción decretado por el ensayista incluye una crítica en contra de uno de los más prestigiados defensores de la literatura policial, al que tilda de pertenecer a la élite de las letras mexicanas: "'el género clásico de nuestro tiempo" (Alfonso Reyes) ha dejado de ser, si lo fue, el juego marginal de la inteligencia, el ocio calladamente prestigioso en el mismo compartimiento que el ajedrez." (1) Descalifica el whodunit, y lamenta que "la novela policial de acción" (1) (así denomina al hard boiled) se haya degradado a una simple caricatura. Monsiváis resalta un elemento clave: "la identificación entre el lector y el investigador" (1) y establece el paralelismo con una obra clásica: "Uno, mientras lee, se despoja de su falsa personalidad de ciudadano pacífico y revela su rostro verdadero: perseguidor del crimen, no Don Quijote inmerso en las novelas de caballería sino el frío implacable frío pesquisante." (1) La novela de caballería y la literatura policial guardan similitudes: ambos géneros gozan de una enorme popularidad en sus respectivas épocas, y mientras al personaje de Cervantes "se le secó el celebro" al consumir un número enorme de aventuras descabelladas, hábito que lo condujo a vivir en un mundo imaginario, el lector contemporáneo abandona el ámbito de la realidad y se convierte en Monsieur Dupin, Sherlock Holmes y Hercule Poirot en sus andanzas para descifrar la identidad oculta del criminal. En otras palabras, es el efecto producido por la lectura de novelas, como afirma George Steiner: "Desde los tiempos de Cervantes en adelante, fue el espejo con que la imaginación, predispuesta a la razón, captó la realidad empírica." (Steiner, 29) Precisamente, la realidad empírica es el territorio sembrado de acertijos que recorre con avidez el consumidor de narraciones detectivescas.

En las siguientes secciones del ensayo Monsiváis continúa el trazo histórico de la literatura policial. La primera sección "…Dijo el Cuervo y nada más" (obvia referencia al famoso texto de Poe "Filosofía de la composición") se sugiere de manera indirecta que la creación de la policía londinense dirigida por Robert Peel en 1829 va a influir en el nacimiento del género policial. Esa afirmación recuerda la disputa entre Roger Caillois y Borges. Mientras el sociólogo francés fija el inicio del género policial en el sistema de espionaje confeccionado por el ministro Fouché durante la Revolución Francesa, Borges lo contradice y afirma que "The Murders in the Rue Morgue" es el primer espécimen de tal vertiente narrativa. Para el autor de El Aleph el fenómeno literario está exento de influencias externas ("Roger Caillois: Le roman policier", 191). Monsiváis descarta los inicios de la literatura policial en épocas remotas: "Ya no más Yahvé preguntándole a Caín qué ha hecho con su hermano", frase que antagoniza con el texto "Dos mil quinientos años de literatura policial" donde el escritor argentino Rodolfo Walsh se remonta hasta los textos bíblicos, específicamente el Libro de Daniel, y afirma que el profeta Daniel es el primer detective aparecido en el planeta (Walsh, 91). Monsiváis asimismo niega el origen del policiaco en los tiempos míticos de la tragedia griega: "Ya no más Edipo venciendo a la Esfinge" (2), específicamente en Edipo Rey, de Sófocles, tesis retomada por el crítico Jorge Hernández Martín. Monsiváis, por lo tanto, acepta la importancia del contexto histórico y, además, coincidiendo con Borges, fecha la génesis del relato policial en abril de 1841 con la publicación de "The Murders in the Rue Morgue", a la que curiosamente etiqueta de "novela corta", en vez de "cuento", como ha sido calificado por la mayoría de la crítica. Para Monsiváis, Dupin, el detective engendrado por Poe, es un matemático, un científico, "el apasionado de los enigmas, del misterio y del absurdo, cuya lucidez final es producto de una serie de rigurosos saltos lógicos." (2) Su extremada inteligencia llevada a los límites de lo humano se asemeja a "una mente incorpórea", lo que posteriormente Ricardo

Piglia llamará "una inteligencia pura, ("Sobre el género policial", 55) o sea, su poder de abstracción le permite aislarse de toda contaminación de la realidad. Su búsqueda de la verdad oculta en el centro de un laberinto preñado de enigmas sólo es posible mediante la construcción de agudos razonamientos lógicos. Monsiváis concluye que "Poe unifica el crimen como arte y la solución del crimen como ciencia." (2). La evidente alusión a la célebre obra de Thomas De Quincey "Del asesinato considerado como una de las bellas artes" en la que se encomia los atributos estéticos del delito, se refiere, quizá, al enigma tejido por el ministro en "La carta robada", una sutil estratagema sólo discernible y resuelta por la mente matemática de Dupin.

En su valoración de Sherlock Holmes establece, además de las cualidades generalmente atribuidas al inquilino de 221b Baker Street: "la perspicacia, la agudeza, la memoria, la brillantez asociativa", Monsiváis pondera la destreza de la contemplación panóptica: "Basta una mirada: Holmes ha percibido la profesión primera y la timidez sexual." (2) En su primera aventura, A Study in Scarlet, Holmes descubre la profesión del doctor Watson, quien había retornado de la guerra en Afganistán, a través no de una deducción matemática, como lo habría hecho Dupin, sino de un atributo sorprendente: "En el fondo, sus virtudes son las de un pioneer. En él hay más de Daniel Boone o de los personajes de Zane Grey... que de Descartes o Faraday, así se le presente ahora como el encono de la filosofía positivista hacia el espíritu mágico..." (2) ¿Cuáles son las virtudes compartidas por el detective londinense con los pioneros estadunidenses? Monsiváis no aporta evidencias que sustenten su teoría. Tal vez se refiera a la capacidad de Holmes de determinar la historia secreta de los personajes a partir del rápido escrutinio de su vestimenta y aspecto físico. El crítico mexicano se resiste a aceptar a Sherlock Holmes como la encarnación del pensamiento racionalista, aunque negarla implique apostar por "el pensamiento mágico", o sea, por lo irracional, que es precisamente el objetivo de la ficción clásica: identificar el origen del crimen que ha alterado el orden mediante un acto irracional, y castigarlo para así restaurar la seguridad burguesa.

El título del siguiente apartado "...Y entonces vi las huellas de un sabueso gigante" apunta a la obra más célebre de Conan Doyle, The

Hound of the Baskervilles, una historia donde se mezclan el horror gótico y la ficción policial. La primera frase "Vivimos en plena desmitificación." (2) refleja la propia postura de Monsiváis ante el género por él diseccionado. Ya no es el devorador acrítico del enjambre editorial que satura las mesas de las librerías y los supermercados: "Ha muerto el lector y ha surgido el crítico social." (2) En otras palabras, Monsiváis se ha transformado en lo que Borges denomina "lector de policiales". El propio género ha creado un tipo de lector que conoce las reglas del juego, las complicaciones de la intriga, y puede predecir la faz del culpable antes que el detective lo desenmascare ("El cuento policial", 72-73). Borges, por supuesto, tiene en mente al lector del modelo anglosajón, el relato enigma. Monsiváis se propone cuestionar precisamente uno de los aspectos más discutidos de esa vertiente literaria: la falta del contexto social en que se desarrollan las tramas. El crítico Jon Thompson condensa ese rasgo negativo en la obra de Agatha Christie: "El mundo industrial moderno posterior a la Primera Guerra Mundial, la fuerza naciente de la clase media baja y la formación de una masa suburbana… están de manera ausente en Christie." (122-123) En el prólogo a *La muerte viaja en ascensor* de María Angélica Bosco, Ricardo Piglia menciona que "Franco Moretti señalaba que los crímenes que investiga Sherlock Holmes no están situados en las zonas de mala vida de Londres, sino en los barrios donde viven sus lectores.("Prólogo", 9); por su parte, Monsiváis llega a similar conclusión: "El ámbito predilecto de esta literatura suele ser el de la gran burguesía, mansiones donde el mal impera, codicia entre magnates, chantaje alrededor de la piscina." (3) En ese microcosmos cerrado, inmune a las influencias del mundo externo, se lleva a la práctica un modo particular de ejercer el imperio de la ley: "Tanto en su dimensión de relato-problema como en su posición de relato-enigma, la literatura policial elige, para realizarla, una justicia abstracta, pura, la justicia que castigará, acorralará y —lo más significativo- descubrirá al criminal." (2) Esa "justicia abstracta", para satisfacción del lector, "se manifiesta como la desaparición de lo incógnito" (2), o sea, la identificación del criminal marca el final del relato. No se narran los detalles del proceso judicial, ni tampoco el veredicto del jurado ni las vicisitudes del confinamiento penitenciario. En el prólogo a su antología *Los mejores cuentos policiales mexicanos* publicada en 1955 María

Elvira Bermúdez anticipó la propuesta de Monsiváis. Allí, justifica la escasa práctica de la ficción policiaca en México aduciendo que mientras el inglés y el norteamericano confían en la eficacia de la ley, el mexicano no cree en el poder de la justicia abstracta, y muestra desdén por los representantes del sistema represor. (Bermúdez 14-15) En el momento en que el texto de Bermúdez sale a la luz, en México sólo se practicaba la fórmula del modelo anglosajón, como se refleja en la selección de los autores incluidos en la antología; Antonio Helú, Rafael Solana, Rubén Salazar Mallén, Rafael Bernal (hasta 1969 aparecerá el parteaguas de la narrativa policial en México: El complot mongol), y la propia Bermúdez, entre otros. ¿Cómo representar, en un modelo literario externo a la realidad mexicana, a un detective perteneciente al aparato represor, proclive a la violencia, y a una justicia no abstracta, sino encarnada en la arbitrariedad? Monsiváis coincide con la propuesta establecida por Bermúdez, y la extiende a la realidad latinoamericana: "… una policía juzgada corrupta de modo unánime no es susceptible de crédito alguno: si esta literatura aspirase al realismo, el personaje acusado casi nunca sería el criminal verdadero y, a menos que fuese pobre, jamás recibiría castigo." (2) En otras palabras, un policía respetuoso de la ley, como suele suceder en el ámbito anglosajón, resulta una imposibilidad en el contexto latinoamericano. La impunidad, en la que el verdadero culpable nunca es capturado ni tampoco recibe castigo alguno, resulta ser la norma que rige en los países hispanohablantes del continente americano.

En las dos siguientes secciones, "¿Quién mató a Cock Robin?" y "Emplee usted sus células grises, dijo Poirot", Monsiváis desmenuza los rasgos de la novelística policial de S. S. Van Dine y Agatha Christie, respectivamente. El detective Philo Vance en El caso del alfil obispo "es uno de los últimos representantes de una etapa de esta novelística, la fundada en la personalidad asombrosa del héroe, en su condición de superhombre." (3) Además, Monsiváis sostiene que: "Van Dine representa, en su mejor instancia, a la novelística donde autor y lector le confieren al crimen la serenidad geométrica del crucigrama y la alegría derivada de establecer, con vistas a la verdad, hipótesis de conducta." (3) El relato enigma es, por lo tanto, una construcción geométrica, o sea, todas las líneas narrativas confluyen en un punto central donde se esconde un misterio a ser develado. A Agatha Christie le reprocha ser la iniciadora de la industrialización del género policial; su método consiste en "su regateo de datos esenciales", defecto que contradice una de las reglas nucleares que una buena ficción policial debe cumplir, según postula Borges en "Leyes de la narración policial" (56).

El apartado "Una estatuilla negra que fue causa de todo este infierno" (se refiere al objeto sobre el que gira la trama de *El halcón maltés*) marca la transición del relato-problema o relato-enigma al nuevo modelo germinado en Estados Unidos durante la época de la Gran Depresión, ocasionada por el desplome financiero de 1929. Esta fecha indica, para el crítico mexicano, que "[La] era de la seguridad propugnada por Hercule Poirot había concluido." (Monsiváis, 4) Habría que incluir también las novelas asépticas de Van Dine, alejadas de los escenarios urbanos donde la violencia ejercida por bandas gangsteriles significó el principio de un periodo de incertidumbre. Monsiváis inicia el siguiente párrafo con una frase epigramática: "La literatura policial salió a la calle." (4), oblicua sugerencia de la famosa frase de Raymond Chandler en su valoración de la obra del autor de *El halcón maltés*: "Hammet sacó al crimen del vaso veneciano y lo tiró a la calle". En otras palabras, no más cuartos cerrados hasta donde entra el asesino para cometer un crimen imposible. La calle va a erigirse en protagonista de la producción del denominado hardboiled. Desde los inicios del género policial el espacio urbano jugó un rol capital. El claro antecedente se encuentra en "El hombre de la multitud" ("The Man in the Crowd") de Poe publicado en diciembre de 1840, cuatro meses antes de "The Murders in the Rue Morgue." Según Ricardo Piglia, "El hombre de la multitud" prefigura al texto genésico de la narración policial: "Sólo falta, digamos, la transformación del flâneur, del observador, en investigador privado." (El último lector, 82) Walter Benjamin condensa los elementos clave del cuento:

"El hombre de la multitud" … es algo así como la radiografía de una historia de detectives. El paño envolvente representado en lo habitual por el crimen, allí ha caído. Solo queda la armazón desnuda: el perseguidor, la multitud, un desconocido que organiza de tal modo su recorrido por Londres que siempre permanece en su centro. (114)

El perseguidor, según Piglia, es el antecedente del detective, como se mencionó anteriormente, mientras que el desconocido, un viejo de aspecto malvado, se pierde, o intenta perderse, en la muchedumbre de una ciudad populosa: "El contenido social de la historia de detectives es la borradura de las huellas del individuo en la multitud de la gran ciudad." (Benjamin, 108) Ese individuo es el criminal, escudado en el anonimato ofrecido por las grandes metrópolis decimonónicas. En el siglo diecinueve el París imaginario de Poe y el Londres donde se mueve Sherlock Holmes son los escenarios privilegiados de los relatos de detección. En 1901 Chesterton en su ensayo "El valor de los relatos detectivescos" despliega una apasionada defensa del nuevo género:

El primer valor esencial de las novelas de detectives radica en que son la primera y única forma de literatura popular en que se expresa la poesía de la vida moderna… Nadie podrá pasar por alto que en dichos relatos el protagonista o el investigador atraviesa Londres con la soledad y la libertad en un cuento sobre el país de los elfos, y que en el curso de ese viaje incalculable el ómnibus adquiere los colores primigenios de un barco fantasma… Una ciudad es, hablando con propiedad, incluso más poética que el campo, pues mientras la Naturaleza es un caos de fuerzas inconscientes, una ciudad es un caos de fuerzas conscientes… El callejón más estrecho posee en cada rincón el alma del hombre que lo construyó, que tal vez lleve ya mucho tiempo en la tumba. (237-238)

"La poesía de la vida moderna" encarna en una urbe contemplada a través de un prisma idealizado, es un espacio mágico donde conviven seres fantásticos y hombres anónimos que le confieren una grandeza literaria, sin grandes efusiones de sangre y violencia. Lo contrario sucede en las ciudades donde se escenifican las historias del hardboiled: "Versión naïve de una justicia rápida y admirable, negación del ámbito de la prohibición, estos detectives improvisados o privados deseaban apresurar y consumar los trámites (acusaciones, defensas y fallas) a través de un caminar sin término entre crímienes (sic), whiskey y atentados." (Monsiváis, 5) Los detectives, entre ellos Sam Spade (fruto de la imaginación de Hammett), transitan en un territorio donde pululan maleantes en cada callejón oscuro, pudiera decirse que existe una poesía de lo monstruoso, de la violencia imprevisible. En la sección

"Una definición actuada" Monsiváis ahonda en el rol central de la ciudad a partir de las reflexiones de Raymond Chandler vertidas en "El simple arte de matar":

¿Qué está pensando Chandler? Situaciones básicas en las reglas de juego de los grandes creadores de la novela policiaca de acción (thriller). Para ellos, el detective resulta una de las más aptas claves de interpretación del medio ambiente y la ciudad de ningún modo puede ser decoración ornamental o complemento escenográfico. La ciudad es, quizás, el personaje fundamental, la voluntad de representación del mundo ejercida a través de actrices o hijas de potentados que son amantes de contrabandistas, de fotógrafos dedicados al chantaje, de médicos complicados con el tráfico de drogas, de strip-teasers que intentan justificar su presencia ejerciendo su oficio a como dé lugar, de hoteles de paso donde los huéspedes se quedan para siempre." (Monsiváis, 5)

Esos personajes son el producto de un sistema cimentado en una corrupción ubicua, que se ha trasminado en todas las capas de la sociedad. Funcionan en la periferia de lo legalmente aceptable. Las profesiones son simplemente máscaras que esconden el rostro de la perversidad, son vehículos para lucrar en un entorno deshonesto. La importancia del contexto histórico en la confección del relato detectivesco se articula de forma más contundente en las siguientes palabras: "Para estos escritores, el señalamiento de una época donde insertar la trama distaba de ser una referencia convencional, indicación de paisaje o de rasgos ornamentales. En sus novelas, época es sustancia, nombre, cuerpo de la acción. Sabían o intuían qué época, también, es etapa específica de la lucha de clases." (5) Desde la perspectiva de los personajes, puede afirmarse que época es destino. Chantajistas, traficantes de drogas, contrabandistas aprovechan las fisuras del edificio capitalista para delinquir, o se ven forzados a hacerlo ante la escasez de empleos legítimos disponibles. Puede decirse, como afirma Piglia, que la novela policial es el espejo donde se refleja la sociedad (que es una variación de la célebre frase de Stendhal de que la novela "es un espejo que se mueve en el camino", o sea, la novela reproduce el mundo tangible, es un arte mimético, realista). Parafraseando el célebre pasaje de Marx incluido al inicio de *Los casos del comisario Croce* de Piglia, el crimen es productivo. El desempleo genera criminales, las actividades de los criminales producen a los escritores de ficción policiaca, que a su vez producen a sus lectores y también a los profesores expertos en el estudio del género.

En la sección "Bésame moribunda" Monsiváis condena la tendencia prevaleciente del policiaco practicado, entre otros, por Mickey Spillane, debido a la receta comercial salpimentada con ingredientes alentadores del morbo: sadismo, escenas sexuales y profusión de sangre, fórmula infalible con fines puramente comerciales (8). El juicio negativo subraya el declive del género. Los fríos razonamientos de la mente incorpórea de Poirot ceden su lugar a la salvaje carnalidad impresa en las acciones de Mike Hammer, el detective concebido por Spillane. El ocaso de la literatura policial se diagnostica en el apartado "¿Qué fue de tanta invención?". Los acontecimientos geopolíticos hacen palidecer a las obras de la imaginación:

¿A quién le importa quién mató a Roger Akroyd si los criminales de Vietnam gobiernan férreamente a los Estados Unidos, si en el nombre del socialismo se invade a Checoslovaquia o si nadie sabe (oficialmente) quién fue el responsable de la matanza de Tlatelolco o quién ordenó el asalto de los Halcones el 10 de junio? La Historia, gran apoyo de la literatura policial en otro tiempo, ahora la ha nulificado en el orden de los entretenimientos. (10)

La ficción, sin duda un inevitable cliché, ha sido rebasada por una realidad brutal, impregnada con la furia de un Estado homicida que no retrocede en aplastar a contrincantes foráneos o domésticos. No obstante, Monsiváis acepta la indeclinable popularidad del género policiaco, manifestada en el fenómeno editorial de *El padrino* de Mario Puzo.

En la última sección "Epílogo de intención nacionalista" Monsiváis emite un juicio absoluto y condenatorio: "Por lo general, la práctica mexicana de la literatura policial ha sido imitativa, arbitraria, forzada. Los cultivadores parecen escasos (Antonio Helú, Juan Bustillo Oro, María Elvira Bermúdez, Rafael Bernal) y no demasiado convincentes." (10) La inclusión de Rafael Bernal podría entenderse a la luz de su primera etapa en la que publicó *Tres novelas policiacas* (1946) y *Un muerto en la tumba* (1946), obras inscritas en el modelo anglosajón. Empero, el siguiente vaticinio resulta enigmático: "Una conclusión: en México no hay ni parece probable que exista novela policial o literatura de complots y espionaje." (11) Es enigmático porque cuatro años antes Rafael Bernal publicó *El complot mongol* (1969), novela pionera del género negro, construida en el andamiaje del hardboiled estadunidense. La explicación de esa omisión tal vez radique en la escasa presencia de Bernal en los medios culturales mexicanos.

Monsiváis firma el obituario de una práctica literaria a la que considera fallida en su fase primaria: "… el thriller es la divulgación romántica y personalizada de la lucha por el poder, una lucha que implica desarrollo, industria, ambición de mercados." (11) No hay, o no puede haber, literatura policial debido a las frágiles condiciones económicas de una nación subdesarrollada, donde la pobreza pulula en inmensas franjas de la población. Y, sin embargo, Monsiváis no pudo predecir el surgimiento del género negro engendrado poco tiempo después por la pluma de Paco Taibo II. *Días de combate* (1976) inicia la saga de Héctor Belascoarán Shayne, un detective sumergido en la violencia afincada en los laberintos delincuenciales de la ciudad de México. El entorno urbano se convierte en un personaje vivo, como ocurre en las narraciones de Hammett y Chandler. El contexto sociopolítico juega también un rol capital en *No habrá final feliz* (1981); la historia gira en torno al grupo paramilitar "Los Halcones", utilizados por el gobierno para reprimir las protestas estudiantiles del jueves de Corpus el 10 de junio de 1971. Será hasta la década de los noventa en que se teorice la tendencia emergente en el ensayo "Modernidad y posmodernidad. La novela policíaca en Iberoamérica" (1996), del narrador cubano Leonardo Padura Fuentes, un estudio minucioso en el cual acuña el término "neopolicial" que designa un rasgo clave de la escritura practicada por los autores iberoamericanos: la crítica social. Así, "Ustedes que jamás han sido asesinados" se erige en precursor del discurso crítico sobre un género que en el siglo actual se ha consolidado en el terreno literario.

Bibliografía

Benjamin, Walter. "El flâneur" en El París de Baudelaire. Traducción de Mariana
    Dimópulos. Argentina, Eterna Cadencia Editora, 2012. pp. 97-137.
Beristáin, Helena. Diccionario de poética y retórica. México: Editorial Porrúa, 1995.
Bermúdez, María Elvira, editora. Los mejores cuentos policiacos mexicanos. México:
Biblioteca Mínima Mexicana, 1955.
    ---. "Prólogo." Bermúdez, pp. 7-20.
Borges, Jorge Luis. "El cuento policial." Borges oral. Barcelona: Bruguera, 1984. pp. 69-88.
---. "Leyes de la narración policial." De Rosso, pp. 55-58.
---. "Roger Caillois: Le roman policier" en Jorge Luis Borges: Ficcionario. Edición, introducción, prólogo y notas de Emir Rodríguez Monegal. México: Fondo de Cultura Económica, 1985. pp. 191-192.
---. "S. S. Van Dine." Textos cautivos. Madrid: Alianza Editorial, 2002, pp. 95-97.
Carpentier, Alejo. "Apología de la novela policíaca," De Rosso, pp. 49-54.
Chandler, Raymond. The Simple Art of Murder. Knopf Doubleday Publishing, 1988.
Chesterton, Gilbert Keith. "El valor de los relatos detectivescos" en G.K. Chesterton.
    Cómo escribir relatos policiacos. Traducción de Miguel Temprano García.
    Barcelona: Acantilado, 2011. 237-240.
Conan Doyle, Arthur. A Study in Scarlet. Digireads.com Publishing, 2017.
Hernández Martín, Jorge. Readers and Labyrinths. Detective Fiction in Borges, Bustos
    Domecq, and Eco. New York & London, Garland Publishing, 1995.

De Rosso, Ezequiel (Compilador): Retóricas del crimen: reflexiones latinoamericanas
sobre el género policial. Alcalá La Real, España: Alcalá Grupo Editorial, 2011.

Monsiváis, Carlos. "Ustedes que jamás han sido asesinados." Revista de la Universidad
Nacional de México, vol. XXVIII, no. 7, marzo 1973, pp. 1-10.

Onetti, Juan Carlos. "Mr. Philo Vance, detective." De Rosso, pp. 63-66.

Padura, Leonardo. "Modernidad y posmodernidad. La novela policíaca en Iberoamérica."
De Rosso, pp. 241-270.

Piglia, Ricardo. El último lector. Barcelona: Anagrama, 2015.

---. Los casos del comisario Croce. Barcelona: Anagrama, 2018.

---. "Sobre el género policial" en Piglia, Crítica y ficción. Buenos Aires:
DeBolsillo, 2017. pp. 54-57.

Poe, Edgar Allan. "The Man of the Crowd". Tales of Mystery and Imagination. CRW
Publishing Limited, 2003. pp. 415-426.

Reyes, Alfonso. "Sobre la novela policial." De Rosso, pp. 67-71.

Steiner, George. Tolstói o Dostoievski. Madrid: Ediciones Siruela, 2002.

Taibo, Paco Ignacio. Días de combate. México: Planeta, 2003.

---. No habrá final feliz. México: Joaquín Mortiz, 2020.

Thompson, Jon. Fiction, Crime and Empire. Chicago: University of Illinois Press, 1993.

Trelles Paz, Diego. "Novela policial alternativa hispanoamericana (1971-2005)." Aisthesis,
No. 40, 2006, pp. 79-91.

Van Dine, S. S. El caso del alfil obispo. Kindle.

Villaurrutia, Xavier. "Prólogo a un libro de cuentos policiacos." De Rosso, pp. 73-76.

Walsh, Rodolfo. "Dos mil quinientos años de literatura policial." De Rosso, pp. 91-95.

ESENCIAS VIAJERAS, EL ÚLTIMO LIBRO DE MONSIVÁIS COMO SU TESTAMENTO INTELECTUAL

José Miguel Lemus, Ph.D.
Creighton University

¿Cuántas veces habrá cruzado Carlos Monsiváis el Zócalo capitalino? El último gran cronista de la Ciudad de México, del linaje de Prieto, Novo y González Obregón, quien conocía como pocos las entrañas de la antigua ciudad, habrá atravesado un sinfín de veces la gran plaza de la vieja Tenochtitlán, que durante el virreinato se llamaba Plaza Mayor, pero que hoy conocemos oficialmente como "Plaza de la Constitución". Menos recordado es el hecho de que ese nombre no se lo debemos a la Constitución de 1917, emanada de la Revolución mexicana; ni a la constitución juarista de 1857; ni siquiera a la de Morelos de Apatzingán en 1814. Llamamos al Zócalo "Plaza de la Constitución" en honor de la Constitución de Cádiz de 1812, apodada "La Pepa" por haber entrado en vigor el 19 de marzo de ese año. ¿Por qué habría de tener esa constitución firmada en España el honor de bautizar a la plaza más importante de México? ¿Y qué relación puede tener la Pepa con la última gran crónica cultural de Monsiváis?

La Pepa intentaba limitar el poder del rey de España, democratizar (para los estándares de la época) al imperio, y depositar la soberanía en una cámara de representantes elegidos entre los habitantes de todos los territorios y virreinatos de la monarquía española. Así como los franceses habían buscado acotar a su monarquía en 1789 y los ingleses habían hecho lo propio en 1688, los españoles de uno y otro hemisferio intentaron limitar el poder de Fernando VII. Diputados de la Nueva España, Perú, Rio de la Plata, pero también de las colonias internas como Barcelona, Galicia, Guipúzcoa, escribieron la constitución más avanzada y liberal del imperio español que establecía la separación de poderes, el sufragio universal masculino, la libertad de imprenta, la libertad de industria, entre otras conquistas.

En agosto de 1811, inicia el debate de la nueva Carta Magna. Los tres primeros artículos son fundamentales para sentar las bases del nuevo Estado español. Abordan —nada menos— el problema de la soberanía. ¿De dónde emana la soberanía? ¿quién la detenta? ¿cómo se transmite su representación? Siguiendo las ideas contractualistas vigentes en esa época (Hobbes, Rousseau, Locke,) los diputados en Cádiz afirman que la soberanía proviene del pueblo, no del rey.

Según la nueva constitución, el pueblo deposita la soberanía en el rey, pero puede también depositarla en un cuerpo legislativo representativo de todos los reinos del imperio. En un audaz movimiento político que busca liquidar el régimen feudal y crear un nuevo sistema de gobierno, los diputados reunidos en Cádiz se declaran a sí mismos como un cuerpo soberano representante del pueblo español en su conjunto. "La Nación española es la reunión de todos los españoles de ambos hemisferios", dice el artículo primero de la Pepa. En un desafío abierto al rey y a la familia real, el segundo artículo asienta: "La Nación española es libre e independiente, y no es ni puede ser patrimonio de ninguna familia ni persona." Luego el artículo tercero establece: "La soberanía reside esencialmente en la Nación."

Entonces, el 28 de agosto, el presidente de los diputados de la Nueva España, José Miguel Guridi y Alcocer, párroco de Tacubaya y doctor en Teología y Cánones, cuestiona el término "esencialmente" que aparece en el artículo tercero y propone utilizar en su lugar "radicalmente" u "originalmente". Según el diputado novohispano, si la soberanía reside esencialmente en el pueblo, luego entonces, no es transferible al rey o a los diputados, ya que las esencias son intransferibles. Por eso insiste en que el pueblo debe considerarse el origen o raíz de la soberanía, pero no su esencia. (Masferrer, "La soberanía nacional en las cortes gaditanas, p. 655). Sin embargo, ni liberales ni conservadores representados en las Cortes secundan la moción del criollo Guridi y Alcocer. En opinión de la mayoría de los diputados, el concepto "esencialmente" ofrece una base jurídica más sólida sobre la cual construir el nuevo andamiaje del Estado español. Después de dos días de debate, la propuesta de Guridi y Alcocer es derrotada. El texto original es aprobado, preservando el adverbio "esencialmente".

¿Qué se discute de fondo? ¿Por qué el presidente de la delegación de los diputados novohispanos rechaza que la Constitución de Cádiz tenga como fundamento el concepto de esencia?

El problema de las esencias

Además de la disputa política y económica que implica la reorganización del imperio a través de una nueva constitución, algunos diputados en Cádiz eran conscientes de la lucha filosófica que acompaña el innovador proyecto político. Acontece el surgimiento de nuevos marcos referenciales desde los cuales articular un discurso no sólo político, sino epistémico. Otra visión del mundo. En el fondo, el debate de Cádiz sobre el concepto de esencia refleja la lucha a muerte entre la vieja escuela escolástica y las nuevas ideas de la Ilustración vinculadas al floreciente espíritu científico.

Según Aristóteles —fuente de las ideas escolásticas— las esencias son inmutables e intransferibles. La también llamada escuela peripatética retoma esa idea para vincularla al cristianismo. Su más distinguido representante, Tomás de Aquino, buscó armonizar las enseñanzas del estagirita con las de Jesucristo. La escolástica rechaza abiertamente las ideas de la Ilustración y desconfía de los nuevos experimentos de óptica, electromagnetismo, química y física que los ilustrados practican asiduamente. Los escolásticos consideran esas demostraciones empíricas como meros trucos de charlatanes encaminados a confundir a los hombres de fe y a cuestionar la autoridad de las fuentes clásicas, especialmente la Biblia.

Por su parte, los 'literatos' o 'nuevos filósofos' consideran a la filosofía escolástica como mera palabrería improductiva, atascada en laberintos lógicos. Los nuevos científicos ven en la escuela peripatética una fuente de ignorancia y superstición. Sin embargo, para los ilustrados, que hoy llamaríamos científicos, no existe necesariamente una oposición entre la Biblia y el estudio de la naturaleza. Ellos consideran que Dios otorgó a la humanidad dos biblias: el texto canónico que conocemos, y el libro de la naturaleza, cuyas leyes han de ser desentrañadas y comprobadas por los seres humanos. Los ilustrados no encuentran evidencia empírica que sostenga los pilares de la filosofía aristotélica y cuestionan la noción misma de esencia.

Aunque la disputa sobre las esencias pude parecernos hoy un debate menor —en parte gracias al triunfo de la epistemología ilustrada y científica— en su momento fue una guerra encarnizada donde ni uno ni otro bando escatimó recursos contra sus adversarios. Dentro de la tradición cultural hispana (de la cual formaban parte los diputados reunidos en Cádiz), Feijoo y Jovellanos habrían de repudiar en el siglo XVIII, la omnipresencia de la escolástica en universidades y academias. En el tomo octavo de su Teatro crítico universal, en el artículo titulado "Dictado de las Aulas", Feijoo se queja: "Duélome del tiempo que se pierde en la lectura de las materias, tanto filosóficas, como teológicas (...) Este abuso reina mucho más en las cuestiones de Teología Escolástica" (p. 438).

Años después, Gaspar Melchor de Jovellanos, figura arquetípica del ilustrado peninsular, escribe una carta a un amigo donde reflexiona sobre la disyuntiva que tiene el Estado español entre apoyar a la nueva ciencia o continuar tolerando el dominio peripatético: "(…) no se me diga que pido mucho, si lo que pido es necesario; si lo es, es menester apechugar con todo o renunciar a la ciencia. ¿De qué sirve a la Iglesia ni al Estado estos que llaman teologazos, sólo porque son buenos esgrimidores de escolástica?" Días después, en otra epístola dirigida a un recién graduado en Teología, Jovellanos recomienda "No dudo que si no desmiente [usted] su buena pinta, si se resuelva a sacudirse la roña escolástica (…), será algún día de provecho" (Caso González, p. 290). Los intentos de Jovellanos para cambiar los planes de estudio a fin de incluir las nuevas ciencias de la naturaleza fueron sistemáticamente bloqueados por las autoridades y el clero español. Para intentar contrarrestar ese bloqueo Jovellanos y otros ilustrados como Cabarrús, Floridablanca, Campomanes y Aranda, fundan o apoyan gacetas, academias y sociedades científicas donde las nuevas ideas logran ser diseminadas y discutidas a cuentagotas.

Del otro lado del Atlántico, en la Nueva España, el precursor cultural de la Independencia que fue José Antonio Alzate, fustigó también las ideas escolásticas y atacó no sólo sus textos existentes, sino que censuró la mera intención de publicar nuevas obras herederas de esa corriente de pensamiento. Así por ejemplo, el 22 de septiembre de 1789, la Gaceta de Literatura de México (GLM) editada por Alzate, inició una polémica de carácter estético pero cuyas consecuencias llegaron a la discusión filosófica y política de la Nueva España. Alzate entró en disputa con el proyecto poético de Francisco Larrañaga de escribir una "Eneida apostólica" inspirada en la obra del poeta Virgilio, que se suponía habría de titularse Margileida (en honor del fraile predicador Antonio Margil). Con un tono cáustico, Alzate se muestra inmisericorde en sus críticas al proyecto de Larrañaga. Usa el recurso literario de invocar al espíritu del propio poeta Virgilio para desacreditar la Margileida. Alzate se burla de que Larrañaga pone en boca de Virgilio palabras como 'convento', 'claustro', 'padres religiosos' y 'maestros de novicios', entre otros evidentes anacronismos (GLM 1: 184). Pero lo que más parece irritar al personaje de Virgilio creado por Alzate, es el empeño de Larrañaga por forzar la traducción hasta el punto de hacer aparecer al poeta clásico como una especie de cristiano antes del cristianismo. Alzate se mofa de Larrañaga, y dice que el hecho de usar tan libremente esas palabras, "quiere decir lo mismo que Bárbara, Celarent, Darii, Ferio, Baralipton" (GLM 1: 185). ¿A qué se refería Alzate con esas raras palabras? En las aulas donde se impartía la escolástica en España y en América, era habitual escuchar a los discípulos en las aulas recitar monótonamente la frase Bárbara, Celarent, Darii, Ferio, Baralipton… como recurso para memorizar las cuatro proposiciones lógicas de Aristóteles (de tipos AAA, EAE, AII y EIO), así como recitar sus 19 silogismos derivados.

José Antonio Alzate, polemista implacable como la había sido Voltaire y otros ilustrados, y como habrían de serlo Novo y Monsiváis en su momento (Recuérdese la mítica "Por mi madre, Bohemios"), no se arredraba a la hora de ridiculizar a sus adversarios en la naciente prensa periódica. A Joaquín Bolaños, otro autor novohispano quien en 1792 publica La Portentosa vida de la Muerte, Alzate le dice que su obra es "una vergüenza para las letras novohispanas" (GLM 3: 21-41). Para Alzate y para su grupo de criollos ilustrados, la defensa de las nuevas ideas científicas iba acompañada de un inseparable fervor patriótico y anti escolástico. En las GLM del 18 de julio y del 14 de agosto de 1789,

Alzate se engarza en una fuerte polémica con un peninsular que en su opinión "ha insultado a la nación". Con el título de "Respuesta del autor de la Gaceta de Literatura, a la carta impresa por un pseudo regnícola", Alzate desata una amplia crítica sobre la precisión de los datos de su oponente, cuestiona la exactitud de sus fuentes y pone en duda la fidelidad de sus traducciones del latín. El editor de la GLM dice:

Mas todo esto es bagatela respecto al insulto que Ud. ha cometido por lo perteneciente a una parte de la nación española (…) ¿Con que Ud. tocante a México es [como] Mr. Masson [de Morvilliers]? (...) Si Ud. no tuviese lagañas. Si (...) viera que México es una de las ciudades principales del orbe, vería que la literatura no se halla tan atrasada (…) (GLM 1:161).

Otra de las plumas frecuentes en la GLM, compañero de ideas de Alzate y uno de los más importantes naturalistas en la historia de Nueva España, José Mociño, bajo el seudónimo de José Velázquez, confesaría en la GLM "Yo en mis primeros años estudié la filosofía escolástica, y sin embargo de que mi maestro me calificó por uno de los más aprovechados de sus discípulos, concluido el curso de artes me encontré tan ignorante de la verdad filosófica como al principio. Me dediqué al estudio de la mecánica, y hallé que más aprovechaba con una hora de estudio en Nollet, que con tres años de Goudin, Polanco, Lozada y otros semejantes" (GLM 1: 285).

Esencias viajeras

¿Era Monsiváis consciente de la polémica que suscitó al final del siglo XVIII el término 'esencia' cuando decidió incluirlo en el título de su última gran crónica? Dejemos que él mismo responda:

"¿Por qué "esencias viajeras"? Para distanciarme del esencialismo (…), al abordar a las sociedades latinoamericanas he optado por otra vía interpretativa, la que señala el "nomadismo" de las creencias, las tradiciones, las convicciones: si lo esencial de las sociedades no "viaja" desaparece." (Las esencias viajeras… p. 26)

Monsiváis es pues consciente de la paradoja lúdica que entraña el nombre de su obra. Como otros de sus títulos que apuntan términos contradictorios, Esencias viajeras juega con la paradoja entre lo permanente y lo transitorio. De la misma forma que Escenas de pudor y liviandad (1988), Los rituales del caos (1995), Salvador Novo: Lo marginal en el centro (2000), Maravillas que son, sombras que fueron (2012), o Misógino feminista (2013), la última gran crónica cultural de Monsiváis, Esencias viajeras, retrata la contradicción entre dos conceptos aparentemente irreconciliables. Bajo su conocido estilo de erudición en tono lúdico y ligero, Monsiváis busca representar lo permanente de entre lo móvil. El subtítulo de su obra apunta en ese sentido: "Hacia una crónica cultural del Bicentenario de la Independencia". Partiendo del marco referencial de Benedict Anderson (menciona tres veces el concepto de "comunidades imaginadas"), Monsiváis busca retratar las luchas que han conformado nuestras identidades colectivas nacionales y continentales. Según Anderson, las identidades patrióticas y nacionales son un constructo social 'imaginado' que establece vínculos poderosos entre individuos y sociedades. En ese contexto de una identidad en permanentes vías de construcción, Anderson busca rastrear personajes, momentos y temas que han representado un antes y un después en lo que hoy llamamos Latinoamérica y particularmente en México.

El paralelo con Las esencias viajeras es evidente. En sus propias palabras, Monsiváis dice que busca hacer

"la crónica de algunos acontecimientos, fenómenos, corrientes de pensamiento, creadores, movimientos artísticos, cuya razón de ser primera y última ha sido la voluntad explícita de independencia, de autonomía, de liberación en lo tocante a la cultura o 'la vida del espíritu'." (p. 25)

Así pues, para Monsiváis, la esencia no es la esencia inmutable e intransferible de Aristóteles y de los escolásticos, sino una esencia cambiante y 'viajera': "(…) sin la lucha por la independencia o por la autonomía o la liberación, las sociedades se inmovilizan en las zonas de los rituales, la obediencia a los autoritarismos, la impunidad de las élites" (p. 25). En la acepción de esencia que usa Monsiváis puede afirmarse que lo permanente es el cambio.

Desde esa perspectiva, el autor de Las esencias viajeras aborda temas como "el taller de las nacionalidades", el surgimiento del patriotismo, la creación de "las identidades nacionales", "las ciudades" como un producto y productores culturales, la "ciudad letrada" como la forja identitaria. Pero, de igual manera, ya que nada se construye sin resistencias ni conflictos, analiza también temas como "Iglesia y Estado", "La Revolución mexicana", "la izquierda marxista y comunista". Así también debe interpretarse la inclusión de personajes que fueron determinantes en la fragua de la construcción identitaria colectiva latinoamericana y nacional. Figuras como Simón Bolívar, José Martí, Pablo Neruda, Octavio Paz, Juan Rulfo, entre muchos otros incluidos en Esencias viajeras, representan hitos culturales que han participado en la construcción del imaginario que nos constituye. Su última gran crónica cultural es el rastreo de la construcción de la identidad colectiva a nivel nacional y continental.

El problema de la identidad

Si la identidad es lo que nos define y nos construye, la identidad puede considerarse una forma de esencia (ya curados del esencialismo estático de la escolástica) a condición de que entendamos que esa definición no puede ser abstracta e inmóvil, sino basada en la evidencia histórica y cultural de lo que hemos sido, y de su cambio permanente.

Aquí es donde el proyecto de Monsiváis se aparta de otros intentos literarios y culturales de definición de una identidad colectiva. Cuando afirma que ha "optado por otra vía interpretativa" al apartarse de esencialismos fijos, nos deja claro que se aparta de la búsqueda de un 'nosotros' inmutable al estilo de Samuel Ramos (*El perfil del hombre y la cultura en México*, 1934) o a la manera de Octavio Paz (*El Laberinto de la Soledad*, 1950). Tampoco estamos ante el proyecto abarcador de García Márquez (*Cien años de soledad*, 1967), ni tampoco en ese viaje al interior de nuestra alma cultural a la manera Carlos Fuentes (*Terra Nostra*, 1975). El proyecto de Monsiváis puede parecer más modesto, pero al escapar del esencialismo, gana la capacidad de nombrar la realidad cambiante. No busca definir en abstracto el 'alma' o la 'esencia' de quienes somos, sino que rastrea la evolución de lo que nos ha traído a ser lo que somos. No busca la respuesta a un "quiénes somos", sino la respuesta práctica e histórica a "quiénes hemos sido", o mejor aún "quiénes hemos venido siendo". Y ahí es precisamente donde Monsiváis aporta el talento que nadie mejor que él posee: el talento de cronicar, para contar la secuencia de hechos que nos han traído hasta lo que somos en el presente. Para tener la perspectiva cultural e histórica capaz de discernir lo accidental de lo fundacional. Aspira a rastrear los rasgos constantes y las líneas de continuidad en nuestra historia colectiva. Busca contextualizar nuestra producción cultural en un marco cosmopolita y universal.

Sueño de una tarde dominical en el Zócalo capitalino

En su famoso mural Sueño de una tarde dominical en la Alameda Central, Diego Rivera se retrata a sí mismo en el centro del enorme fresco que representa el pasado, el presente y el sueño de México. Flanqueado por la vida y la muerte (Frida y la Catrina), escoltado por Martí y Posada, el gran muralista elige emplear la mirada del adolescente para conectarse también a un nivel emocional con los personajes y pasajes históricos representados en el mural. Cortés, sor Juana, Juárez, Maximiliano, son personajes y texturas de ese gran tejido colectivo. Pero a Diego lo acompañan también figuras que representan el pueblo llano, la élite económica, la Inquisición y los globos del ingeniero Cantoya. A semejanza de Rivera, Monsiváis retrata en su último gran mural-crónica Esencias viajeras, los avatares y el periplo de lo que nos ha hecho quienes somos. La identidad, la esencia viajera, los rostros cambiantes del 'nosotros' que hemos sido, que imaginamos y queremos ser.

No hace falta que en el índice de Esencias viajeras, junto a los nombres de José Emilio Pacheco, Xavier Villaurrutia, Cabrera Infante o Reinaldo Arenas, el autor incluya un capítulo dedicado a Carlos Monsiváis. Como en el mural de la Alameda Central, la mirada del autor está en el centro de la obra y se retrata a sí mismo al retratar a los otros. Monsiváis, quien se convirtió en el intelectual más icónico y reconocible de la cultura popular del siglo XX, es claramente visible en el gran fresco cultural que retrata su último libro Esencias viajeras. Por eso su última gran crónica es al mismo tiempo un testamento cultural, un recuento de las luchas y las causas que han forjado nuestro rostro colectivo a fin de que no olvidemos y seamos conscientes de los caminos que nos han traído hasta este presente.

No sé cuántas veces Carlos Monsiváis habrá cruzado la Plaza de la Constitución o caminado por la Alameda Central, pero sé que a casi quince años de su muerte nos sigue acompañando cuando deambulamos por esta ciudad y por esta cultura de esencias mutables que nos da rostro e identidad. Esta cultura que construimos y nos construye. Esta ciudad que nos libera y apresa con igual denuedo.

Obras citadas

Anderson, Benedict. Comunidades imaginadas: Reflexiones sobre el origen y la difusión del nacionalismo. México: FCE, 2007.

Caso González, José M. De Ilustración y de ilustrados. Oviedo: Instituto Feijoo, 1988.

Feijoo, Benito Jerónimo. Teatro crítico universal. Alicante: Biblioteca Virtual Miguel de Cervantes, 1999.

Gaceta de Literatura de México. 1788-1795. José Antonio Alzate y Ramírez. Edición facsímil. Ed. Manuel Bueno Abad. 4 vols. Puebla: Hospital de San Pedro, 1831.

Masferrer, Aniceto. "La soberanía nacional en las cortes gaditanas: Su debate y aprobación" en Cortes y Constitución de Cádiz: 200 años. José Antonio Escudero López (coord.) 3 vols. España: Espasa-Calpe, 2011.

Monsiváis, Carlos. Esencias viajeras: Hacia una crónica cultural del Bicentenario de la Independencia. México: FCE, 2016.

BIOGRAFÍAS

Raúl Carrillo Arciniega

Doctor en Literaturas y Lenguas Modernas por la Universidad de Tennessee, Knoxville y Licenciado en Lengua y Literaturas Hispanas por la Facultad de Filosofía y Letras de la UNAM en México (cum Laude). Ha publicado libros de ficción, poesía y crítica literaria en México y en los Estados Unidos. Es profesor en el College of Charleston, en Charleston, Carolina del Sur.

José Miguel Lemus

Profesor de la Universidad de Creighton. Doctorado en Literatura (UIUC) especializado en la Nueva España. Licenciatura en Comunicación (UNAM), ejerció el periodismo en México. Es presidente del Capítulo Nebraska de la Red Global Mx. Recibió el premio Ohtli del Gobierno de México por su labor en favor de los connacionales en los Estados Unidos.

Rodrigo Figueroa Obregón

Doctor en Letras Hispánicas por la Universidad de Oklahoma y profesor de Estudios Hispánicos en New Mexico State University. Su área de especialización es la literatura mexicana de los siglos XIX al XXI, así como la geocrítica, los estudios urbanos y los estudios de la discapacidad.

Gerardo García Muñoz

Profesor Asociado de Español y Humanidades en Prairie View A&M University en Texas. Obtuvo el doctorado en la Universidad Estatal de Arizona. Ha publicado dos libros sobre la narrativa criminal mexicana: *El enigma y la conspiración: del cuarto cerrado al laberinto del neopoliciaco*

(Universidad Autónoma de Coahuila, 2010) y *Norte negro: catorce miradas a una narrativa criminal mexicana* (Universidad Autónoma de Nuevo León / Universidad Iberoamericana Torreón, 2023).

Rodrigo Pereyra

Doctorado en Texas Tech University, es Profesor de Lengua, Literatura y Cultura Española en la Universidad del Sudeste de Luisiana. Ha combinado su trabajo académico con la traducción, las cuales van desde los estudios académicos y científicos, hasta la literatura creativa. Es editor en jefe de Dura, revista especializada en la literatura criminal hispana, y director de la Conferencia Internacional de Literatura Detectivesca en Español (CILDE). Sus últimas publicaciones y estudios se concentran en la narrativa negra mexicana.

www.ingramcontent.com/pod-product-compliance
Lightning Source LLC
Chambersburg PA
CBHW060134260626
47160CB00005B/2110